Alfons Schweiggert

Mama hat gesagt, es gibt keinen Weihnachtsmann!

Satirisches und andere Frechheiten zum Fest des Jahres

Husum

Umschlagbild: Alfons Schweiggert, München
Illustriert mit Zeichnungen des Verfassers

Bibliografische Information der Deutschen Nationalbibliothek

Die Deutsche Nationalbibliothek verzeichnet diese Publikation in der Deutschen Nationalbibliografie; detaillierte bibliografische Daten sind im Internet über http://dnb.d-nb.de abrufbar.

Gesamtherstellung: Husum Druck- und Verlagsgesellschaft
Postfach 1480, D-25804 Husum – www.verlagsgruppe.de
ISBN 978-3-89876-636-4

Mama hat gesagt, es gibt keinen Weihnachtsmann!

Aber ich glaube ihr nicht. Sie hat mich schon oft angeschwindelt. Einmal hat sie zu unserem Nachbarn, der sie gefragt hat, wie alt sie denn sei, gesagt, dass sie 35 Jahre alt ist, dabei war sie damals schon 41. Ein anderes Mal hat sie ihrer Freundin erzählt, dass sie jede Woche mindestens dreimal zum Joggen geht, obwohl sie nicht einmal jeden Monat zum Joggen gegangen ist. Und neulich wollte sie mir wieder weismachen, dass es keinen Weihnachtsmann gibt, aber ich lass mich von ihr nicht mehr hinters Licht führen. Ich weiß, dass es den Weihnachtsmann gibt.

Seit ich denken kann, kommt jedes Jahr der Weihnachtsmann und bringt mir Geschenke. Ich habe an ihn geglaubt, als ich noch nicht in den Kindergarten ging. Und als ich dann endlich in den Kindergarten kam, habe ich auch dort meinen Glauben an den Weihnachtsmann nicht verloren. Auch nicht als ich zur Schule kam und später, als ich aufs Gymnasium ging, glaubte ich weiterhin an den Weihnachtsmann. Gut, als ich nach dem Abitur an der Uni studierte, hab ich mir eines Tages die Frage gestellt, ob es einen Weihnachtsmann wirklich gibt, aber ich habe nur ganz kurz gezweifelt. Als er dann wie jedes Jahr an Weihnachten wieder zu mir kam, war jede Unklarheit ein für alle Mal beseitigt.

Jetzt lebt meine Mama schon seit zehn Jahren in einem Seniorenstift und ist 93 Jahre alt, obwohl sie immer noch schwindelt und jedem erklärt, sie sei erst 87. Als ich sie das letzte Mal besuchte, sagte sie wieder: „Alfred, es gibt keinen Weihnachtsmann. Du bist doch jetzt schon 69 Jahre alt und glaubst immer noch an ihn. Schämst du dich nicht?“ Als sie das sagte, log ich sie zum ersten Mal an und sagte zu ihr: „Also gut, Mama, ab heute glaub ich nicht mehr an den Weihnachtsmann.“ „Gott sei Dank, dass ich das noch erleben darf“, seufzte meine Mutter und Tränen der Erleichterung kullerten ihr die Wangen herab.

Auf dem Nachhauseweg grinste ich in mich hinein und sagte halblaut zu mir: „Mama, sonst hast du mich und auch andere Leute immer angelogen. Heute habe ich nun endlich einmal dich angelogen. Denn eines steht für mich für alle Zeit fest: Es gibt einen Weihnachtsmann, auch wenn du nun glaubst, dass ich jetzt nicht mehr daran glaube, dass es einen Weihnachtsmann gibt."

Gibt es denn einen Weihnachtsmann?

Seit Jahren kursiert im Internet die berühmte Glosse mit dem Titel „Gibt es den Weihnachtsmann?" Wer sie verfasst hat, das weiß man nicht so genau. Vielleicht waren es Studenten einer technischen Hochschule. Das Ergebnis ihrer Untersuchung lautete: Den Weihnachtsmann mit seiner fliegenden Rentierkutsche kann es eigentlich gar nicht geben. Begründung: Die rund 400 Millionen Kinder christlichen Glaubens rund um den Globus an einem durch die Zeitzonen bedingten 31-Stunden-Tag zu beschenken hieße, dass der Weihnachtsmann pro Sekunde mehr als 800 Kinder beschenken müsste und bei einer Schlittengeschwindigkeit von 1040 Kilometern pro Sekunde eine Wegstrecke von 120 Millionen Kilometern zurücklegen müsste. Im Hinblick auf das Gewicht der Gaben – bei einem Kilo pro Geschenk – wären 216 000 Zugtiere erforderlich, die fast 400 000 Tonnen zu schleppen hätten. Ganz zu schweigen von dem Luftwiderstand, der gigantisch wäre, die Rentiere pulverisieren und den Weihnachtsmann zerquetschen würde. Das ernüchternde Fazit: „Wenn der Weihnachtsmann zu diesen Bedingungen wirklich irgendwann einmal Geschenke gebracht haben sollte, dann ist er heute tot."

Advent, Advent, ein Lichtlein brennt ...

ES weihnachtet schon sehr ...

In einem schon Ende September weihnachtlich geschmückten Schaufenster eines Geschäftes prangte ein Schild mit der Aufschrift: „ES WEIHNACHTET SCHON SEHR!“ Als der kleine Max auf dem Heimweg von der Schule dieses Schild las, fing es in seinem Kopf sofort zu arbeiten an.

„Wer weihnachtet denn da schon sehr?“, überlegte er. „Das ES? ... Das möchte ich unbedingt kennenlernen.“ Und schon ging Max in das Geschäft und fragte die Verkäuferin: „Ich hätte gerne das ES kennengelernt.“

Die Verkäuferin verstand nicht ganz. „Was für ein ES?“, fragte sie.

„Na, das ES, das schon so sehr weihnachtet“, antwortete Max. Und weil die Verkäuferin immer noch wunderlich schaute, fügte er hinzu: „Im Schaufenster ist doch ein Schild, auf dem steht, dass das ES schon sehr weihnachtet. Und ich hätte dem ES beim Weihnachten gerne einmal zugeschaut, und deshalb möchte ich ES kennenlernen.“

„Also ich bin ES nicht“, grinste die Verkäuferin und ging zum Abteilungsleiter: „Wissen Sie, wer das ES ist, das schon so sehr weihnachtet?“, fragte sie den Mann und sie fügte hinzu. „Sie verstehen, in unserem Schaufenster das Schild ‚ES WEIHNACHTET SCHON SEHR!‘, und dort der Junge möchte dem ES ein wenig zusehen, wie es schon sehr weihnachtet.“

Der Abteilungsleiter schaute die Verkäuferin vorwurfsvoll an, ging dann zu dem Jungen und sagte: „Das ES ist im Augenblick nicht da.“

„Und wo ist das ES“, bohrte Max weiter.

„Äh, ... im Urlaub ...“

„Und wann kommt ES wieder?“

„Das weiß ich nicht.“

„Dann weihnachtet das ES also noch gar nicht sehr und das Schild ist eine Lüge?“

„Nein, das ES weihnachtet schon sehr, und zwar im Urlaub“, sagte der Abteilungsleiter.

„Und wie macht ES das?“

„Was?“

„Na das Weihnachten? Wie geht Weihnachten? Was tut ES da?“

„Na, das ist das Geheimnis vom ES. ES weihnachtet eben so vor sich hin.“

„Und warum schon sehr?“

„Weil bald Weihnachten ist.“

„Dann kann ES ja an Weihnachten gar nicht mehr richtig weihnachten, wenn ES jetzt schon sehr weihnachtet. Wahrscheinlich ist ES jetzt schon vom Weihnachten ganz kaputt und brauchte deshalb Urlaub, um sich vom jetzt schon so sehr Weihnachten zu erholen.“

Der Abteilungsleiter zuckte mit den Schultern. „Vielleicht hast du recht. Weißt du was, ich werde das ES anrufen und ihm sagen, das ES aufhören soll, schon jetzt so sehr zu weihnachten.“

„Eine gute Idee“, meinte Max. „Und sagen Sie dem ES einen schönen Gruß von mir, dass es völlig reicht, wenn ES nicht schon Ende September, sondern erst Anfang Dezember mit dem Weihnachten anfängt. Da kann ES dann schon sehr weihnachten.“

„Mach ich“, sagte der Abteilungsleiter.

Als Max am nächsten Tag wieder an dem Schaufester vorbeikam, war das Schild mit der Aufschrift „ES WEIHNACHTET SCHON SEHR!“ verschwunden, und auch die Dekoration hatte sich wieder septemberlich normalisiert. Der Rauschgoldengel und der blinkende Weihnachtsstern waren ebenso entfernt wie die Nikolaus-Puppe und der Rentierschlitten.

Doch links unten in der Ecke stand ein kleines Schild mit der Aufschrift:

„Verehrte Kunden!
Das ES ist bis Anfang Dezember in Urlaub.
Dann kommt ES wieder und weihnachtet sehr."

Früher war Weihnachten später

Es gibt zwei gnadenreiche Phasen in jedem Jahr, in denen kein Fest oder Event ansteht, für das die Sonderverkaufsflächen der Supermärkte mit Saisonware befüllt werden müssten. Diese beiden Phasen sind ganz zu Anfang des Jahres und während des auslaufenden Sommers. An diesen wenigen Tagen ist es in deutschen Supermärkten dann ungewohnt kahl zwischen den Regalen. Es gibt weder Schokoladen-Nikoläuse noch Osterhasen zu kaufen, weder Faschings-Krapfen noch Halloween-Kürbisse, weder Spargel noch Erdbeeren und auch kein Grillfleisch. Oh, gnadenreiche Wochen, ihr seid aber viel zu kurz.

Denn zum Glück für die Händler kommt verlässlich zum Ende eines jeden Sommers die „KW 35". KW steht für Kalenderwoche. Es ist die Woche, in der der Einzelhandel die Vorweihnachtszeit eröffnet. Im Händlerdeutsch werden die Weihnachtsleckereien heuchlerisch „Herbstgebäck" genannt. Das klingt befremdlich, kommt aber zumindest zeitlich hin: Denn während Bayern und Schwaben noch mitten in den Sommerferien sind, fahren von den Höfen der Süßwarenhersteller bereits die Laster mit der Jahresproduktion ab, meist Mitte August. Zwei Wochen später liegen dann Lebkuchen und Dominosteine in den Regalen.

Die Blätter an den Bäumen sind noch nicht einmal gelb, geschweige denn welk, und schon hängt die Weihnachtsbeleuchtung in den Ästen und an den Fenstern baumeln die ersten der sich strangulierenden Weihnachtsmänner. An den Kassen stapeln sich die Schokoladen-Nikoläuse, beschallen elendig vertraute Weihnachtsmelodien die Fußgängerzonen und Supermarktgänge. Und auch Punschstände köcheln dann schon begierig ihrer Eröffnung entgegen. Sogar die Weihnachtsbeleuchtung hängt bereits, auch wenn sie angeblich erst in der letzten Novemberwoche angeschaltet wird.

Wenn Volkstrauertag, Buß- und Bettag und Totensonntag und das Gedenken an die Verstorbenen noch vor uns liegen, hat das geschäftliche Treiben der Adventsausstellungen und Weihnachtsbasare längst begonnen und die Sonderverkaufsflächen quellen über vom Weihnachtsgebäck aller Art, sehr zum Unwillen vieler Weichnachtsnostalgiker, die jedes Jahr aufs Neue monieren, das Fest würde in den Supermärkten immer früher beginnen. „Wir lieben Weihnachten“, klagen sie, „aber wer braucht Lebkuchen, Christstollen und Co. schon im September oder Oktober?“ Und auf Facebook machen dann wieder Gruppen mobil mit Aufrufen wie „Boykottiert den Oktober-Weihnachtsmann!“ oder „Tod dem Weihnachtsgebäck im September!“

Gründe für den Advent im Spätsommer gibt es viele: Zum einen ist die Ware jetzt noch frisch. Zum anderen haben die Supermärkte genug Zeit, um das Gebäck überhaupt loszuwerden. Offenbar gibt es genug Menschen, die nach acht Monaten Abstinenz scharf auf Lebkuchen und Spekulatius sind. Zwischen Anhängern und Gegnern des „Herbstgebäcks“ ist mittlerweile ein regelrechter Kulturkampf ausgebrochen: Während die einen den Ausverkauf der adventlichen Stimmung beklagen, freuen sich die anderen über die Frische der Backwaren.

„Außerdem macht doch die Vorfreude einen Großteil der weihnachtlichen Stimmung aus“, so die Händlerbrut. „Und je länger die Vorfreude anhält, desto mehr sind die Menschen auch bereit, Geld auszugeben.“

Übrigens war speziell der Lebkuchen nicht immer ein klassisches Weihnachtsgebäck. Bis zum Dreißigjährigen Krieg hat man Lebkuchen das ganze Jahr über zubereitet und gegessen. Erst als die Zutaten im Laufe des Krieges immer schwieriger zu bekommen waren, ist man dazu übergangen, die Leckerei nur noch zum besonderen Anlass auf den Tisch zu bringen. So oder so: Am 24. Dezember ist Schluss mit Weihnachtsgebäck. „Da kriegen Sie das Zeug nicht mal mehr reduziert an den Mann", so ein Händler. „Außerdem kommt ja schon bald der Osterhase ins Regal."

„Wie man aus verlässlichen Kreisen hört", bemerkte Helmut Qualtinger einmal, „herrscht in der Hölle ständig Weihnachten." Wir nähern uns diesem Zustand unaufhörlich, denn heute muss man nicht mehr in der Hölle landen, um mit fast ewiger Weihnacht gequält zu werden.

Lediglich ein Bereich hielt sich bisher aus diesen vorvorweihnachtlichen Zwängen erfolgreich heraus: Weihnachtslesungen, Weihnachtskonzerte und Weihnachtsfeiern fanden bislang erst in der Adventszeit statt, dann aber in einer Häufung, dass psychiatrische Anstalten einen zunehmend erhöhten Patienten-Andrang zu dieser Zeit registrierten. Ich will das endlich ändern und die Adventsfeier-Invasionen etwas entzerren, indem ich seit einem Jahr mit meinen Veranstaltungen wohl einer der Ersten bin, der eine besinnliche weihnachtliche Stunde schon 11 Tage vor dem 1. Advent anbietet.

Das lässt sich aber noch erheblich steigern. Im nächsten Jahr arbeite ich mich zurück und biete bereits Ende August meine erste weihnachtliche Veranstaltung an und mit etwas Glück werde ich dann in ein paar Jahren schon in der Osterwoche eine österliche Weihnachtslesung zu den Klängen einer adventlichen Passion unter einem mit Ostereiern geschmückten Tannenbaum präsentieren können.

Wenn's Dezember wird

„Ist das nicht entsetzlich", stöhnt Frau Schmied. „Jahr für Jahr wird früher mit den Weihnachtsvorbereitungen angefangen." – „Wem sagn Sie das?", bestätigt Frau Greiner. „Stelln s' Ihnen vor, in der Werkstatt wollten sie gestern in mein Auto schon neue Kerzen einsetzen."

***

„Schließ zweimal ab und wirf den Schlüssel weg", hat da Opa g'sagt, wia ihn d'Oma aufmerksam g'macht hat, dass Weihnachten schon wieder vor der Tür steht.

***

„Vor 100 Jahren", erzählt der Lehrer, „verbrachten die Frauen die langen Winternächte mit Spinnen. Wer kann sich denken, weshalb?" Da meldet sich die kleine Rosi. „Weil sie sich keine anderen Haustiere leisten konnten."

***

„Als Kind bin ich an Winterabenden am liebsten in der Stube vor dem knisternden Feuer g'sessen", schwärmt der Opa seinen Enkeln vor. „Aber leider hat mir das mein Vater verboten, und wisst ihr, warum – bloß weil mir keinen Kamin g'habt habn!"

***

„Du Mama, was ist eigentlich ein Engel?", fragt der Pauli seine Mama im Advent. – „Ein Engel", erklärt die, „ ja mei, das ist jemand, der nicht aufmerksam nach rechts und links gschaut hat, bevor er über die Strassn gangen ist."

Aus jedem Adventskalender wird in wenigen Wochen ein Haus der offenen Türchen. Wie man sagt, wurde dieses Brauchtum von einem Ehemann erfunden. Er wollte auch mal vier Wochen lang täglich die Klappe aufmachen.

***

Franz fragt seinen Schulfreund: „Kannst du mir ein Wort mit fünf tz sagen?"

„Blödsinn, so ein Wort gibt 's doch gar nicht."

„Aber sicher – Atzventzkrantzkertznglantz."

***

„Weihnachten ist ein Geschenk des Himmels", hat der Maier Hans gsagt, „vor allem dann, wenn der Vierundzwanzigste ein Mittwoch ist."

Warnung

Advent ist die Abkürzung für:

Auch
Dir
Verkaufen
Einzelhändler
Nur
Tineff.

Wenn Adam und Eva Weihnachten feiern

Traditionell gesinnte Christinnen, wie es sie vor allem in Bayern gibt, die den Vornamen Eva haben, beschweren sich öfters, dass kein Mensch ihren Namenstag feiert. Denn an dem Tag, an dem sie Namenstag haben, ist ausgerechnet Heiligabend. Männer haben dieses Problem seltener, da nur noch sehr wenige Adam heißn. Aber, wer Adam und Eva heißt, der kann grundsätzlich am Heiligen Abend seinen Namenstag feiern, vorausgesetzt die andern lassen das zu.

Warum das so ist, das ist wie meistens – mystisch. Adam und Eva, so heißt es in der Bibel, haben nach einem Zwiegespräch mit der Paradiesschlange Vorlieben für ein bestimmtes Obst entwickelt und dadurch eine gewisse „Erbsensünde" in die Welt gesetzt, weshalb manche auch meinen, dass es kein Obst gewesen sein kann, was sie verschnabuliert haben, sondern Hülsenfrüchte, also Erbsen. Zirka 4000 Jahre nach dieser „Erbsensünde", abgekürzt auch als „Erbssünde" bekannt, sei dann einer geboren worden, der zumindest theoretisch diese „Erbssünde" gekänzelt hat, und deshalb hätten am Vorabend vor dessen Geburtstag Adam und Eva eben Grund zum Feiern.

Aus diesem Anlass hat der Volksmund auch einige Sinnsprüche zu diesem Datum erfunden, so zum Beispiel:

„Fassweise Punsch zu Eva
ist eher schlecht für die Leba."
Oder:
„Äpfel essen zu Adam
ist vergleichsweise ratsam."

Ob das Verspeisen eines Adamsapfels aber wirklich so gesund ist, das weiß man bis heute nicht so genau. Überhaupt erzählt man in Bayern eine ganz eigene Variante der Erschaffung vom Adam, und die geht so:

Als der liebe Gott den Himmel und die Erde erschaffen hat und auch den ersten Menschen, da hat sich eines Tages die Eva an Gott gewandt und gesagt:

„Gott, du, ich hab ein Problem.“

„Ja, was denn für ein Problem, Eva?“

„Ich weiß, dass du mich erschaffen hast und den schönen Garten da herum, und alle Tiere und auch die aufdringliche Schlange, aber ich bin nicht glücklich.“

„Warum denn nicht, Eva?“

„Ich bin so einsam, Gott, und außerdem kann ich keine Äpfel mehr sehen.“

„Nun, Eva, in diesem Fall habe ich eine Lösung. Ich werde einen Mann für dich erschaffen.“

„Einen Mann? – Was ist denn das, Gott?“

„Das ist ein fehlerhaftes Wesen mit vielen schlechten Eigenschaften. Er wird lügen, betrügen und eitel sein; alles in allem wird er dir das Leben schwer machen. Aber er wird größer sein als du und schneller, und er wird gerne jagen, auch dich. Ich werde ihn so machen, dass er deine körperlichen Bedürfnisse befriedigt. Er wird humorlos sein und an kindischen Dingen seine Freude haben. So wird er beispielsweise kämpfen oder gerne hinter einem Ball herlaufen. Er wird nicht so schlau sein wie du und braucht deine Hilfe, um zu denken.“

„So, das klingt ja großartig“, hat die Eva gemeint und ihre Augenbrauen hochgezogen, „und wo ist der Haken bei der Geschichte?“

„Du kannst den Mann nur unter einer Bedingung haben.“

„Aha, hab ich’s mir doch gedacht – und was wäre das dann für eine Bedingung??“

„Wie ich dir bereits gesagt habe, wird er stolz, arrogant und selbstverliebt sein. Und deshalb wirst du ihn in dem Glauben lassen müssen, dass ich ihn zuerst erschaffen habe. Das muss aber“, so hat Gott der Eva ins Ohr geflüstert, „das muss aber unser kleines Geheimnis bleiben – du weißt schon – von Frau zu Frau.“

Loriots „Advent“... und wie es weiterging

Jeder kennt von Loriot das mittlerweile berühmte Gedicht „ADVENT“, das mit dem heimeligen Vers beginnt: „Es blaut die Nacht, die Sternlein blinken ...“. Es braucht hier nicht weiter zitiert zu werden. Wir wollen lieber erschütternde Bilder sprechen lassen.

Im Forsthaus ereignet sich ausgerechnet an einem verschneiten Nikolausabend recht Eigenartiges. Soeben kehrt der Förster nach getaner Arbeit zurück ins traute Heim, wo ihn seine Gattin schon sehnsüchtig erwartet.

Die Begrüßung ist aber mit einem Knalleffekt verbunden, da sich die Försterin auf nicht gerade alltägliche Weise von ihrem Mann, dem Förster, trennt, der ihr nach eigenen Aussagen „bei des Heimes Pflege“ schon seit längerem im Wege stand.

Da Weihnachten vor der Tür steht, und alles seine Ordnung haben muss, versorgt sie den eben Dahingestreckten im Schuppen „nach Waidmannssitte“ und verpackt dessen edlen Teile in sechs Pakete, die sie festlich mit Geschenkpapier umhüllt.

Kaum ist die Arbeit getan, kommt auch schon Knecht Ruprecht mit seinem Schlitten und bittet die Försterin um eine Spende, die armen Menschen eine Freude bereiten kann.

Ohne lange zu überlegen, reicht ihm die gute Frau die sechs gewichtigen Pakete und Knecht Rupprecht fährt zufrieden von dannen. „Im Försterhaus die Kerze brennt, / ein Sternlein blinkt – es ist Advent!“
So besinnlich wie abrupt endet Loriots adventliche Moritat. Doch viele Menschen fragten: „Und wie ging die Geschichte denn nun weiter?“ – Vielleicht gelingt es mit der von mir recherchierten Fortsetzung endlich Licht ins adventliche Dunkel zu bringen. Die lang ersehnte Antwort auf Loriots Gedicht „ADVENT“ trägt den schlichten Titel:

WEIHNACHT

’s ist Heiligabend, die Glocken klingen,
fern scheint ein Engelschor zu singen.
Am Christbaum brennen schon die Kerzen
Und Liebe flammt in allen Herzen.
Zwei Frauen schreiten durch den Wald
Aufs Forsthaus zu, ’s ist bitterkalt.
Im Forsthaus wartet auf die Gäste
die Försterin. Zum Weihnachtsfeste
lud sie zwei Freundinnen sich ein,
sonst wär zum Fest sie ganz allein.

Der Förster hat sie ja verlassen.
Sie kann es zwar noch nicht ganz fassen.
Soll sie nun Trübsal blasen? – Nein!
Drum lud sie Freundinnen sich ein.

Schon sind die beiden angekommen.
Die Försterin heißt sie willkommen.
Und jede, wer hätt das gedacht,
hat auch ein Päckchen mitgebracht.
Die Försterin, ganz aufgeregt,
die Gaben untern Christbaum legt.

Dann hebt die Weihnachtsfeier an
Und jede singt, so gut sie kann:
„So lasst uns froh und munter sein!“
Die Försterin stimmt kräftig ein.

Danach packt sie die Päckchen aus.
Aus jedem schält sie fein heraus
ein Bratenstück, schon vorgebraten,
ein jedes ist famos geraten.

„Das hat Knecht Ruprecht uns gebracht“,
sagt eine Freundin und sie lacht.

„Er kam mit seinem goldnen Schlitten
auf einem Hirsch herangeritten.

‚He‘, rief er, ‚mit den guten Sachen
möcht ich euch beiden Freude machen!‘
Die Freude wolln wir weitergeben
Und deshalb haben wir soeben
Den Braten dir ins Haus gebracht.“
Die Försterin hysterisch lacht,
worauf man sie dann murmeln hört:
„Der Förster ist grad heimgekehrt,
ist wieder hier, der gute Mann.“
Die Freundinnen sehn sich stumm an.

Nun muss die Försterin sich eilen,
die Bratenstücke zu zerteilen.
Und sie zum Festmahl aufzutragen.
Knurrt doch den Gästen längst der Magen.

Blaukraut und Klöße reicht man auch,
wie's halt zum Weihnachtsfest der Brauch.
Dazu gibt's einen Spätburgunder,
der macht das Festmahl noch viel runder.

Froh feiert man die ganze Nacht.
„Ach, das hätt ich mir nie gedacht“,
so seufzt die Försterin vergnügt,
wobei sie in die Runde blickt,
„dass Weihnachten so schön sein kann.“
Die Freundinnen sehn sie stumm an.
Und während man froh weiter trinkt,
am Himmel hoch ein Sternlein blinkt.
Des Försters Haus ist tief verschneit,
o gnadenreiche Weihnachtszeit!

Eine alte Adventsgeschichte

Aus dem alten Bayern

I woaß net, wer die G'schicht scho kennt,
sie hat sich zuatragn im Advent.
Lasst's eich vazähln, grad foits mir ei,
d' Leut sag'n, die Geschicht soll wahr g'wen sein.

Da is moi a oids Muatterl g'wesn,
de is in ihra Stub'n drin gsessn,
und hat sich so Gedank'n g'macht,
was früher s' Christkindl hat bracht.
„Ja ja", hat's gsagt, „des war no schee,
doch heit, do könnt oam ois vageh.
Jetzt bin i arm und alt dazua
und hab aa kaum zum Essen gnua."

Wia's so dasitzt und überlegt,
hat s' a Idee aa scho ausgheckt.
„'s Christkind beschenkt doch alle Leit,
oiwei jeds Jahr zur Weihnachtszeit,
wia waar's, wenn i eahm schreib'n tät,
dass i a große Bitt no hätt.
Vielleicht macht's aa mir noch a Freid,
da Heilig Abnd ist nimmer weit."

Scho macht's vom Schrankal auf die Tür,
holt schnell an Bleistift und Papier,
hockt sich glei an den Tisch sodann
und fangt wia folgt zum schreibn an:
„Liebes Christkind", schreibt's mit'm Stift
auf das Papier als Überschrift.
„Du bist allmächtig und sehr stark,
schick mir doch bitte 100 Mark!

Erfüll die Bitte einer Armen,
i wünsch an Mantel mir, an warmen.

Wenn i des Geld hätt, waar des schee,
i kannt zum Mantel kaufa geh,
denn drauß'n is scho ziemlich koid.
An Mantl brauchat i hoit boid."

Hochachtungsvoll hat sie zuletzt
vor ihrem Namen drunter g'setzt.
Den Briefumschlag hat s' ungeniert
ans Christkindl na adressiert.
An Absender no hinten drauf.
„So, fertig", sagt's und schnauft jetz auf.
Sie tuat den Briaf in Umschlag nei
und geht zum Briafkast'n na glei.
und wirftn ei, hat net lang g'facklt
und is na gemüatlich hoamwärts g'wackelt.

Der Postler von dem Postamt Acht,
der siehgt den Briaf, hot Augn g'macht,
er hot d' Adress „Ans Christkind" g'sehng,
do hot er gschluckt und is baff gwen.
Sowas is eahm no nia passiert,
a Brieaf ans Christkind adressiert.
Er hat a zeitlang gschaut, dann glacht,
hat 's Briafal heimlich auf dann g'macht.
Beim Lesen werd er oiwei heitrer.
Dann schickt den Briaf er einfach weiter.
Er hat ihn zum Finanzamt g'lenkt,
denn die ham Gäid, hat er si denkt.
Der Briaf trifft im Finanzamt ei,
und a Beamter schaut glei nei.
Wia der des Schreib'n gles'n hot,
da seufzt er: „Oh, du lieber Gott,
dem Fraule müass ma helfa g'wiss,
scho deshalb, weil bald Weihnacht is."
Er und d' Kollegen aus sei'm Amt
ham sofort mit g'macht allesamt.
A jeder tragt sein Scherflein bei
und oaner sammelt alles ei.

Zum Schluss, und des is wirklich stark,
da waren's 63 Mark.
Und den Betrag hams' ganz genau
dann überwiesn dera Frau.

Des Muatterl hat sich riesig gfreit,
hot woana müassn wia net gscheit,
so g'rührt war sie. Und mit dem Goid
hot sie an Mantl kafft und zoiht.
Danach hat sie aus Dankespflicht
an Brieaf an's Christkindl glei g'richt.
Den Dank, den wollt sie nicht vergessn.
Im Brief stand Folgendes zu lesen:

„,Liebes Christkind. Ich dank Dir arg
für Dein Geschenk, die hundert Mark.
Doch bitt ich wieder um eine Spende,
schick's mir. Denn kommt sie in die Hände
vom Finanzamt, dann is a Gfrett.
Na, dene Lumpn trau i net.
Von de 100 Mark, des is net glog'n,
ham die Bärn mir 37 Markl abzogn."

Weihnachtliche Festbeleuchtung

Ein adventliches Drama in der bayerischen Ortschaft Sinkelbach

Sonntag, 1. Advent
10 Uhr 00
In der Reihenhaussiedlung Sinkelbach lässt sich die Rentnerin Kathi Birnbichler von ihrem Enkel Sepp drei Elektrokerzen auf das Fensterbankl ihres Wohnzimmers installieren. Vorweihnachtliche Stimmung breitet sich aus, Kathis Freude ist groß.

10 Uhr 14
Beim Entleeren des Mülleimers beobachtet der Nachbar Josef Kugler die provokante Weihnachtsoffensive von Kathi Birnbichler und kontert umgehend mit der Aufstellung des zehnarmigen dänischen Kerzensets zu je 15 Watt in seinem Küchenfenster.

Stunden später erstrahlt die gesamte Siedlung Sinkelbach im besinnlichen Glanz von 134 grell leuchtenden Fensterdekorationen.

19 Uhr 03
Im 14 km entfernten Atomkraftwerk Großkropfingen registriert der wachhabende Ingenieur irrtümlich einen Defekt der Strom-Messgeräte für die Bereiche Sinkelbach, Odelsbergen-Nord und Umgebung, ist aber zunächst arglos.

20 Uhr 17
Den Eheleuten Horst und Heidi Ellwanger in Odelsbergen-Nord gelingt soeben der Anschluss einer Kettenschaltung von 96 Halogen-Filmleuchten – quer durch sämtliche Bäume ihres Obstgartens – ans Drehstromnetz. Teile der heimischen Vogelwelt beginnen verwirrt mit dem Nestbau.

20 Uhr 56
Der Diskothekenbesitzer Johnny Drake im benachbarten Ort Ranftingen sieht sich genötigt, seinerseits einen Teil zur vorweihnachtlichen Stimmung beizutragen und montiert auf dem Flachdach seines Bungalows das Laser-Esemble „Metropolis", das zu den leistungsstärksten Europas zählt. Die 40 m Fassade eines angrenzenden Getreidesilos hält dem Dauerfeuer der Nikolausprojektion mehrere Minuten stand, bevor sie dann mit einem ächzenden Geräusch zerbröckelt.

21 Uhr 30
Im Trubel einer Jul-Club-Feier im Atomkraftwerk Großkropfingen verhallt das Alarmsignal aus Generatorhalle 5.

21 Uhr 50
Der 85-jährige Kriegsveteran August Rötzer zaubert mit 190 Flak-Scheinwerfern des Typs „Varta Volkssturm" den Stern von Bethlehem an die tief hängende Wolkendecke.

22 Uhr 12
Eine Gruppe asiatischer Geschäftsleute mit leichtem Gepäck und sommerlicher Bekleidung irrt verängstigt durch die Siedlung Sinkelbach. Zuvor war eine Boing 747 der Singapur Airlines mit dem Ziel Sidney versehentlich in der mit 3000 bunten Neonröhren gepflasterten Garagenzufahrt der Bäckerei Brunftinger gelandet.

22 Uhr 37
Die NASA Raumsonde Voyager 7 funkt vom Rande der Milchstraße Bilder einer angeblichen Supernova auf der nördlichen Erdhalbkugel. Die Experten in Houston sind ratlos.

22 Uhr 50
Ein leichtes Beben erschüttert die Umgebung des Atomkraftwerks Großkropfingen. Der gesamte Komplex mit seinen 30 Turbinen läuft mit 350 Megawatt brüllend jenseits der Belastungsgrenze.

23 Uhr 06
In der taghell erleuchteten Siedlung Sinkelbach erwacht Studentin Bettina Kowalski und freut sich irrtümlich über den sonnigen Dezembermorgen. Um genau 23 Uhr 12 betätigt sie den Schalter ihrer Kaffeemaschine.

23 Uhr 12 und 14 Sekunden
Der in plötzliches Dunkel getauchte gesamte Landkreis Odelsbergen wird von der gewaltigen Detonation des explodierenden Atomkraftwerks Großkropfingen erschüttert.

Durch die stockfinsteren Ortschaften irren verwirrte
Menschen,
Menschen wie du und ich,
und nur deshalb,
weil ihnen eine Kerze auf dem Adventskranz
nicht genug war.

Advent im Seniorenheim

Eine vorweihnachtliche Szene

Wir befinden uns in einem Seniorenheim in Bayern ... Es ist die dritte Adventswoche ... leiser Weihnachtsgesang ist zu hören ... Ein Ruf ertönt: „Schauts bloß, dass euch schleichts!“

... Schüsse fallen ...

Erneut ertönt ein Schrei: „Halts endlich euer Mai, es Spinatwachteln!“

... erneut Schüsse ...

Verunsichert steht ein Reporter in der Empfangshalle des Seniorenheimes und spricht leise ins Mikrophon:
Verehrte Hörerinnen und Hörer, der Singkreis des Landfrauenvereins Machtlfing, den Sie im Hintergrund hören, ist nur einer von zahlreichen Vortragsgruppen und Einzelkünstlern, die seit drei Wochen vergeblich versuchen, in das städtische Seniorenheim am Greifenberger Weg einzudringen. Dem inneren Drang, alten Menschen zur Weihnachtszeit eine Freude zu machen, stand jedoch immer wieder die kompromisslose Abwehrbereitschaft der Heiminsassen gegenüber, die es leid sind, als Publikum für Amateuraufführungen herhalten zu müssen. So jedenfalls erklärt es der 89-jährige Sepp Weichslwanger, der Sprecher des Ältestenrates, den ich bei mir habe.

Weichslwanger:
Ja, wir woll'n hier vor Weihnachten nur unsere Ruah habn und Kaffee trinkn und nicht andauernd das Gejodel und Gefiedel um die Ohrn habn. Und wenn des nicht im Guatn geht, dann müass ma halt andere Maßnahmen ergreifen.

Reporter:
Ja, Maßnahmen, verehrte Hörerinnen und Hörer, die sich am Anfang nur auf die hermetische Abriegelung des Gebäudekomplexes beschränkten. Sepp Weichslwangers Erfah-

rungen als Infanterist 1943 im Kessel von Tscherkassi, als seine Kameraden in einer ähnlich verzweifelten Situation waren, kommen jetzt den Heimbewohnern zugute. Die wuchtigen Eisenmöbel vor den Außentüren, Stacheldraht-Rollen vor den besonders gefährdeten Sutterain-Fenstern sowie verschweißte Sieldeckel im Kellerbereich, reichten jedoch schon bald nicht mehr aus. Rund um die Uhr wurden Heimbewohner zum Wachdienst eingeteilt.

Weichslwanger:
Ja, weil mia habn praktisch Probleme Tag und Nacht, nicht wahr. Schon in aller Herrgotts Früha falln die Plaggeister von der Grundschule über uns her mit ihrem Flötenkreis. Die pfeifn da rum mit *Mach hoch die Tür* und *Klingglöckchen* und alles so saufalsch und durcheinander, verstehst, dass dir die Fuaßnägel aufdreht. Des is nicht auszumhaltn. Z mittag nacha kemman meistns die *Schuahplattler vom Trachtenverein Glocknbach*, die will von uns zwar koana sehng, aber mit uns kann mans ja macha.

Reporter:
Besonders kritisch wird es am Abend, wenn die Aufmerksamkeit der alten Menschen nach einem langen Wachdienst zu erlahmen droht. Dann nämlich pirscht sich im Schutz der Dunkelheit der *Jagdbläserchor ‚Hubertus‘* aus Niedererbsenried heran.

Weichslwanger:
So iss! Und die blasn dann ‚*Die Sau ist tot*‘, wenn unsereiner in Ruha fernsehen möcht. Und da, da bin ich nacha das erste Mal mit'm Schrotdrilling dazwischen gangen. Des kann uns doch keiner verübln.

Reporter:
Nicht weniger gefürchtet ist unter den Senioren die *Heimhauser Bauernlaienbühne* mit ihrem bayerischen Schwank ‚*Der verkaufte Großvater*‘, die aber in diesem Jahr, wenn auch gegen ein empfindlich hohes Schweige-

geld wieder abzog. Doch nicht immer lassen sich die vorweihnachtlichen Besucher so unkompliziert abwehren. Der *Männerchor Huisigau* mit seinem besinnlichen Adventsrepertoire wie ‚*Christus war ein Steuermann*' oder ‚*Heute bin ich rot und morgen bin ich tot*' ließ sich aus Hubschraubern auf das Flachdach des Speisesaals absetzen, in der vergeblichen Hoffnung, durch einen Lüftungsschacht zur besinnlichen Kaffeetafel vorzudringen. Nach 25 Jahren Heimerfahrung kennt Opa Weichslwanger aber inzwischen alle Tricks.

Weichslwanger:
Darauf kannst du Gift nehma. In dene Tag beispielsweise war einer da, der hat sich als Klempner ausgebn und angeblich nach den Heizkörpern schaung wolln. Und ich denk mir noch, da is doch was faul. Sofort hab ich a Taschenkontrolle gmacht und du möchst das nicht glaubn, war da drin doch kein Werkzeug – nix. Stattdessen ein Büchal mit dem Titel ‚*Weihnachtn weiß-blau*'. Damit hätt der Spitzbua, ein Mundartdichterling aus Kesslwang, uns den Abend versaun wolln. Ja, und jetzt kommen Sie auch noch daher. Schaun S' bloß, dass weiter kommen.

Reporter, sich langsam entfernend, und leise ins Mikrophon sprechend:
Schlussendlich aber, verehrte Hörerinnen und Hörer, waren alle Anstrengungen der alten Leute umsonst. Am frühen Nachmittag des 2. Advents hielt die Schweißnaht der Feuertür zum Barbiturat-Lager dem karitativen Ansturm nicht mehr stand. Die tapferen Bewohner des Seniorenheims wurden von der vorweihnachtlichen Stimmung doch noch eingeholt und zumindest für eine Viertelstunde überrollt. Soweit unser heutiger Bericht in der Reihe ‚*Advent-Advent, wie man s bei uns mag und kennt*'.

Im Hintergrund ertönt Harfenspiel … Schüsse fallen … langsam blendet sich die Reportage aus dem Ort des Geschehens aus.

Studenten-Advent

Oder
Warum in München die Mieten so hoch sind

Advent ist. Thorsten aus Berlin,
der tschillt in seiner Bude drin.
Er legt sich, vom Studieren müd,
auf's Sofa, summt ein Weihnachtslied,
döst in das Kerzenlicht hinein,
trinkt dabei eine Flasche Wein
und da ist er schon eingepennt
merkt nicht, dass der Adventskranz brennt.

Als er erwacht, sieht er das Feuer,
Oh, denkt er, Scheiße, das wird teuer.
Der Löschversuch mit Whisky pur
bringt nix, denn es brennt weiter stur.
Er schaut sich in der Bude um,
dort steht ja das Aquarium.
Er packt es und reißt sich zusammen,
und gießt das Wasser in die Flammen,
kippt es hinein mitsamt dem Fisch,
der hängt im Kranz. Jetzt brennt der Tisch.

Der Tisch, der muss zum Fenster raus,
denkt er, dann ist das Feuer aus!
Das Fenster auf, Tisch durchgezwängt,
wobei der Vorhang Feuer fängt!
Schon stürzt der Tisch zwei Stockwerk tief,
ihm war's, als ob wer Hilfe rief.
Der Tisch kracht auf ein Auto drauf,
im Auto schreit ein Pärchen auf.
Der Thorsten brüllt: „Ich glaub, ich spinn!"
Der Tisch knallt auf den Gehsteig hin,
dort macht er eine Katze platt.
Was die hier auch zu suchen hat?

Der Vorhang lodert lichterloh,
das Sofa auch, als wärs aus Stroh,
dazu noch der Adventskranzschmuck,
er nimmt vom Whiskey einen Schluck.
Doch da, ein Knall, was ist passiert?
Das Auto ist grad explodiert!
Jetzt schreckt er fürchterlich zusammen,
denn der Computer steht in Flammen,
Vergeblich hat er draufgepisst.
Gut, dass der nicht mein eigen ist,
denkt er, „ich hab ihn nur geliehen.
's wird langsam Zeit, mich zu verziehen."

Und schon macht er sich still davon.
Jetzt kokelt auch die Schrankwand schon,
Der Thorsten nimmt das nicht so schwer,
denn sicher kommt die Feuerwehr.
Kann schon passieren, dass es brennt,
denkt er, wir haben ja Advent.
Was dann passiert, ist gut bekannt,
die Bude ist schnell ausgebrannt,
nicht zu vermieten lange Zeit,
mit der Versicherung gibt's Streit.
Das kostet dem Vermieter Kraft,
am Ende ist er ganz geschafft.

Und alles wegen den Berlinern
Studenten, diesen Erzschlawinern,
in deren Buden im Advent
recht häufig der Adventskranz brennt.
Sowas passierte immer wieder,
deshalb beschlossen die Vermieter,
die Miete kräftig anzuheben
und seither sind in München eben
die Mieten hoch, weils im Advent
oft in Studentenbuden brennt.

Die Wünsche ändern sich

A Bua, der möcht vom Nikolaus
an Hampelmo. Drauf is er aus.
Die Deandln san do anders gstrickt,
von Puppn san sie nur beglückt.

San sie dann später aufgeklärt,
dann ist des alles umgekehrt.

Die Burschn wolln a Puppn ham,
die Madln gern an Hampelmann.
Ziang sie am Strick, dann zappelt er
so, wia sie's woin, des is net schwer.

Wer jetzt von eich laut protestiert:
„Unmöglich, dass mir des passiert,
i kenn doch d' Weiba, schau mi o –
des is der größte Hamplmo!"

Macht Weihnachten dick?

Nein!
Die größte Gefahr, dick zu werden,
besteht nicht
zwischen Weihnachten und Neujahr,
sondern
zwischen Neujahr und Weihnachten!

Vorweihnachtsrätsel

Es waren einmal ein perfekter Mann und eine perfekte Frau. Sie begegneten sich, und da ihre Beziehung perfekt war, heirateten sie. Die Hochzeit war einfach perfekt. Und ihr Leben zusammen war selbstverständlich ebenso perfekt. An einem verschneiten, stürmischen Weihnachtsabend fuhr dieses perfekte Paar eine kurvenreiche Straße entlang, als sie am Straßenrand jemanden bemerkten, der offenbar eine Panne hatte. Da sie das perfekte Paar waren, hielten sie an, um zu helfen. Es war der Weihnachtsmann mit einem riesigen Sack voller Geschenke. Da sie die vielen Kinder am Weihnachtsabend nicht enttäuschen wollten, lud das perfekte Paar den Weihnachtsmann mitsamt seinen Geschenken in ihr Auto. Und bald waren sie daran, die Geschenke zu verteilen. Unglücklicherweise verschlechterten sich die (ohnehin schon schwierigen) Straßenbedingungen immer mehr, und schließlich hatten sie einen Unfall.

Nur einer der drei überlebte.
Wer war es?
Erst überlegen und dann weiterlesen.

Es war die perfekte Frau. Sie war die Einzige, die überhaupt existiert hatte. Jeder weiß, dass es keinen Weihnachtsmann gibt, und erst recht keinen perfekten Mann.

Für Frauen endet das Rätsel hier. Sie sollten also nicht weiterlesen. Männer bitte weiterlesen.

Wenn es also keinen Weihnachtsmann und keinen perfekten Mann gibt, muss die perfekte Frau am Steuer gesessen haben. Das erklärt, warum es einen Unfall gegeben hat.

Wenn Sie übrigens eine Frau sind und dies lesen (obwohl sie oben schon aufhören sollten, weiterzulesen), wird dadurch noch etwas bewiesen:
Frauen tun nie das, was man ihnen sagt.

Heut ist Nikolausabend da!

Die Katastrophe

Und da stand er, Sankt Nikolaus, ganz nah vor mir, direkt neben dem Kachelofen, der wohlige Wärme in den Raum strahlte. Er sagte kein Wort. Er blickte mich nur an mit seinen großen, gütigen Augen. Der volle Mund unter dem weißen Rauschebart lächelte mir verhalten zu. Aber er sagte kein einziges Wort. Der rote Mantel glitzerte zauberhaft. Die prächtige Mitra leuchtete rot. Goldene Bordüren zierten den Pelz am Hals und die Schuhe des Heiligen glänzten silbern. Ich war ergriffen von der überirdischen Schönheit des himmlischen Besuchers. Ich sah ihm tief in seine Augen und er blickte forschend in die meinen. Sein freundlicher Blick signalisierte, dass er mir nicht böse war. Ich brauchte mich vor ihm also nicht zu fürchten, vor dem heiligen Mann, der zu mir gekommen war, heute am Nikolausabend.

Da – auf einmal bewegte er sich. Aber – aber was war das? Seine Beine knickten ein. War dem Armen am Ende unwohl? Hatte ihm der lange Weg zu den vielen Kindern die letzten Kräfte geraubt? War die schwere Last des Gabensackes am Ende zu viel für ihn gewesen? Plötzlich sackte ihm der Kopf nach vorne auf die Brust. Kein Zweifel, dem heiligen Mann war unpässlich. Und was jetzt? O Gott, er brach nunmehr gänzlich zusammen, fiel neben dem Kachelofen vornüber auf den Boden. Sofort kam ich ihm zu Hilfe, zog ihn mit beiden Händen zu mir an den Tisch. Ich öffnete hastig die ihn beengende Kleidung, schälte ihm den Mantel vom Leib, nahm ihm die Mütze vom Kopf, zerrte ihm die Silberschuhe von den Füßen. Es war ihm jetzt sichtlich leichter. Braun und faltig war seine Haut. Er lag jetzt vor mir nackt auf dem Tisch. Seine Augen waren blicklos stumpf. Sein Bart hatte sich schwarz verfärbt. Er tat mir leid, aber ich konnte mich nun einfach nicht mehr beherrschen. Ich packte ihn mit roher Gewalt und dann biss ich ihm ungerührt den Kopf ab. Er gab keinen Laut von sich und er mundete mir vorzüglich, der Schoko-Nikolaus.

Eines aber schwor ich mir: Niemals wieder würde ich einen Nikolaus aus Schokolade so dicht neben den Kachelofen stellen und dann herzlos zuschauen, wie er von der ausstrahlenden Hitze zu Tode geschmolzen würde – nein, niemals wieder würde ich am Nikolausabend etwas so Grausames tun.

So stehts im Lexikon

Nikolaus: türkischer Gastarbeiter aus Myra, dessen Aufenthaltsgenehmigung in Deutschland noch nicht abgelaufen ist. Eingeschüchtert huscht er im Dunkeln in ständig wechselnder Tarnkleidung von Haus zu Haus und schmeichelt sich bei den Deutschen ein, indem er deren Kindern kleine Geschenke macht.

Drohbrief an den Weihnachtsmann

Gut, ich gebe es ja zu, dass ich schon mehrmals an Weihnachten in die Rolle des Weihnachtsmannes geschlüpft bin. Doch heute bin ich dazu nicht mehr bereit. Und schuld daran ist ein Drohbrief, den ich vor zwei Jahren von einem Kind – Bub oder Mädchen? – zugeschickt bekam, natürlich anonym und gereimt, aber was daran ist, das weiß man ja nie.

Hallo, hör mal Weihnachtsmann,
jetzt ist's so weit, jetzt bist du dran.
Mein Papa, der ist Rechtsanwalt.
Der stellt dich leider schon bald kalt.

Du bist seit vielen hundert Jahren
ganz unverfrorn durchs Land gefahren,
stets ohne Nummernschild und Licht.
Auch TÜV und ASU hast du nicht.

Besitzt nicht mal 'nen Führerschein,
da brockst du dir was Schönes ein.
Punkte in Flensburg und Geldstrafen.
Ja sag mal, kannst du da noch schlafen?

Dein Schlitten eignet sich nur schwer
zur Teilnahme am Luftverkehr.
Gerichtlich wird zu klären sein:
Besitzt du 'nen Pilotenschein?

Durch den Kamin ins Haus zu kommen,
gesetzlich ist das, streng genommen,
Hausfriedensbruch – Einbruch sogar.
Drauf steht Gefängnis, ist doch klar.

Und klaust du nicht bei den Besuchen,
von fremden Tellern Obst und Kuchen?
Auch so 'nen Diebstahl muss man ahnden.
Mein Papa lässt schon nach dir fahnden.

Es ist auch allgemein bekannt,
du kommst gar nicht aus diesem Land.
Wie man so hört, hast du dein Haus
am Nordpol. Also sieht es aus,
als kämst du nicht aus der EU.
Das kommt zur Klageschrift dazu!

Ein jeder Richter wird sich fragen,
– hier kommt das Deutsche Recht zum Tragen –
ob deine Arbeit rechtens ist,
weil du ohne Erlaubnis bist.

Der Engel, der dich stets begleitet,
ist minderjährig. Er bereitet
dem Jugendamt viel Kopfzerbrechen.
Es will mit dir ein Wörtchen sprechen!

Jetzt kommen wir zu ernsten Sachen.
Mein Papa findet's nicht zum Lachen,
dass Kindern du mit Schlägen drohst.
Drüber ist er sehr erbost.

Nötigung heißt das Vergehen
und wird bestraft, du wirst schon sehen,
mit Knast von circa ein-zwei Jahren.
aus ist es dann mit Schlittenfahren.

Das Handwerk ist dir bald gelegt,
es sei denn dieser Brief bewegt
dich, mich reich zu beschenken.
Mein Papa wird dann überdenken,
ob er die Anklage zum Fest,
dies Jahr noch einmal fallen lässt.

Was ist? Macht du mit mir den Deal
und schenkst mir alles, was ich will?
Wenn ja, dann leg rasch vor dein Haus
ein tolles Angebot hinaus.

Bis morgen gebe ich dir Zeit,
find ich dann nichts, dann tut's mir leid.
Dann setz ich meinen Papa an,
dann Weihnachtsmann, dann biste dran.

Heute kommt der Nikolaus!

Wie d' Oma den Christian fragt: „Na, wer steht da vor der Tür und pumpert?", sagt der Kleine: „Des ist der Nikolo mit sei'm Glumpert."

***

„Du, Nikolo", hat der kleine Fritz den heiligen Bischof gefragt, „muasst du dein Gesicht eigentlich auch waschen oder nur kämmen?"

***

Krampussen und Klausen, die tätlich werden wollen, schleudern gebildete Kinder folgenden Satz entgegen: „Wer die Hand zum Schlag erhebt, gibt zu, dass ihm die Ideen ausgegangen sind."

***

Merke! Bei Schokoladenweihnachtsmännern weiß man nie, wer hinter der Stanniolverkleidung steckt. Das bestätigt auch das deutsche Lebensmittelgesetz, in dem es allen Ernstes heißt: „Osterhase im Sinne dieser Verordnung ist auch der Weihnachtsmann." Und in der Tat, unter der Zipfelmütze des Weihnachtsmannes sind oft nur aneinander gelegte Osterhasenohren verborgen. Vielleicht gilt schon bald: „Christbaumkugeln im Sinne dieser Verordnung sind auch Ostereier."

Firmen-Weihnachtsfeier

Anonym wurden mir Ende letzten Jahres von dem Mitarbeiter einer Firma, deren Namen ich aus Datenschutzgründen natürlich nicht nennen darf, folgende sechs Informationsschreiben zugeleitet, die letztes Jahr zwischen dem 1. und 14. Dezember von der dort tätigen Leiterin der Personalabteilung – nennen wir sie einfach einmal Frau Tina Bartsch-Levin – an die Mitarbeiterinnen und Mitarbeiter dieser Firma gerichtet wurden und die ich ihnen nicht vorenthalten möchte.

1. Dezember

AN: ALLE MITARBEITERINNEN UND MITARBEITER

Ich freue mich, Ihnen mitteilen zu können, dass unsere Firmen-Weihnachtsfeier am 20.12. im Argentina-Steakhouse stattfinden wird. Es wird eine nette Dekoration geben und eine kleine Musikband wird heimelige Weihnachtslieder spielen. Entspannen Sie sich und genießen Sie den Abend.

Freuen Sie sich auf unseren Geschäftsführer, der als Weihnachtsmann verkleidet die Christbaumbeleuchtung einschalten wird! Sie können sich untereinander gern Geschenke machen, wobei kein Geschenk einen Wert von 20 Euro übersteigen sollte.

Ich wünsche Ihnen und Ihren Familien eine besinnliche Adventszeit.

Tina Bartsch-Levin
Leiterin der Personalabteilung

2. Dezember

AN: ALLE MITARBEITERINNEN UND MITARBEITER

Auf gar keinen Fall sollte die gestrige Mitteilung unsere türkischen Kolleginnen und Kollegen isolieren. Es ist uns bewusst, dass ihre Feiertage mit den unsrigen nicht ganz konform gehen. Wir werden unser Zusammentreffen daher ab sofort „Jahresendfeier“ nennen. Es wird weder einen Weihnachtsbaum noch Weihnachtslieder geben.

Ich wünsche Ihnen und Ihren Familien eine schöne Zeit.

Tina Bartsch-Levin
Leiterin der Personalabteilung

3. Dezember
AN: ALLE MITARBEITERINNEN UND MITARBEITER
Ich nehme Bezug auf einen diskreten Hinweis eines Mitglieds der Anonymen Alkoholiker, der einen „trockenen“ Tisch einfordert. Ich freue mich, diesem Wunsch entsprechen zu können, weise jedoch darauf hin, dass dann die Anonymität nicht mehr gewährleistet sein wird.

Ferner teile ich Ihnen mit, dass der Austausch von Geschenken durch die Intervention unseres Betriebsrats nicht gestattet sein wird: 20 EUR sei zu viel Geld.

Tina Bartsch-Levin
Leiterin Personal*forschung*

7. Dezember
AN: ALLE MITARBEITERINNEN UND MITARBEITER
Selbstverständlich werden wir, wie es das Gesetz vorschreibt, die Nichtraucher vor den Rauchern schützen und ein eigenes abgeschlossenes Zelt im Freien aufstellen, damit beim Eintreten der Gäste in den Festraum keine Rauchschwaden eindringen können.

Tina Bartsch-Levin
Leiterin Klappsmühle

9. Dezember
AN: ALLE MITARBEITERINNEN UND MITARBEITER
Es ist mir gelungen, für alle Mitglieder der „Weight-Watchers“ einen Tisch weit entfernt vom Buffet und für alle Schwangeren einen Tisch ganz nah an den Toiletten reservieren zu können. Schwule dürfen miteinander sitzen. Lesben müssen nicht mit Schwulen sitzen, sondern haben einen Tisch für sich alleine.
Ja und noch eines: Die Schwulen erhalten ein Blumenarrangement für ihren Tisch. – Endlich zufrieden?

Tina Bartsch-Levin
Leiterin Personalvergewaltigung

10. Dezember
AN: ALLE MITARBEITERINNEN UND MITARBEITER
Vegetarier! Auf Euch habe ich gewartet! Es ist mir scheißegal, ob's Euch nun passt oder nicht: Wir gehen ins Steakhaus!!! Ihr könnt ja, wenn Ihr wollt, bis auf den Mond fliegen, um am 20.12. möglichst weit entfernt vom „Todesgrill“, wie Ihr es nennt, sitzen zu können. Labt Euch an der Salatbar und fresst rohe Tomaten! – Übrigens: Tomaten haben auch Gefühle, sie schreien wenn man sie aufschneidet, ich habe sie schon schreien hören!
Ich wünsch Euch allen beschissene Weihnachten, besauft Euch und krepiert!!!!!

Die Schlampe aus der dritten Etage

14. Dezember
AN: ALLE MITARBEITERINNEN UND MITARBEITER
Ich kann sicher sagen, dass ich im Namen von uns allen spreche, was die baldigen Genesungswünsche für Frau Bartsch-Levin angeht.

Bitte unterstützen Sie mich und schicken Sie ihr reichlich

Karten mit Wünschen zur guten Besserung ins Sanatorium. Die Direktion hat inzwischen die Absage unserer Feier am 20.12. beschlossen.
Wir geben Ihnen an diesem Nachmittag bezahlte Freizeit.

Rüdiger Sanftmeier
Firmenleitung

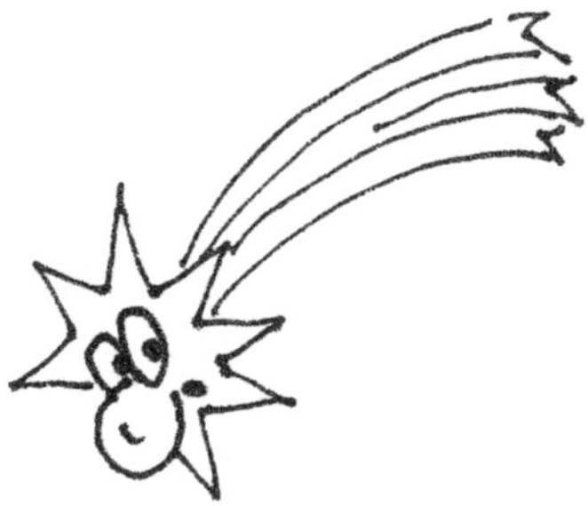

Das folgende liebenswerte Gedicht in bayerischer Mundart schickte mir vor langer Zeit einmal mein Turmschreiberkollege Leopold Kammerer – Gott hab ihn selig! – für eine Anthologie. Leider war sie dort nicht mehr unterzubringen. Deshalb sei das hier endlich nachgeholt. Leopold Kammerer hat auch noch zahlreiche andere heitere Gedichte verfasst.

Knecht Rupprecht

Der kloane freche Heribert
– die Nervensäg vom ganzen Haus –
war ziemlich keck und aufgeklärt
bezüglich Storch und Nikolaus.

„Ha, Nikolaus im roten Hemad,
des is doch bloß a Kinderschreck,
glabst, wenn a soicher zu mir kemmat,
dass i den unbandig derbleck!

I woaß genau, wia de Geschicht is,
es gibt ja gar koan Nikolaus!
Wenn oaner zu mir kaam, ganz gwiss,
den lachert i bloß richtig aus!"

So hat der kloa, frech Heribert
– vom Häuserblock de größte Plag –
im Hof drunt umananderplärrt
am Nikolaustag-Nachmittag.
Doch wias na dunkel wird, zur Nacht,
siehcht ois a bisserl anders aus.
Der Heribert hot aufgregt glacht:
„Ha – so a Krampf, – Sankt Nikolaus!"

Da pumperts an der Tür ganz laut,
a Riesenkrampus poltert rei –
der Heribert hot gschluckt und gschaut
und – halt 'se bei der Mama ei'.

Der Krampus schimpft und halt sei Predigt,
schütt erst am Schluss sein Sack no aus.
Der Heribert, total erledigt,
steht do als wia a taufte Maus.

Erst wia oiß rum is – längst komplett,
kimmt in sei Mundwerk wieder Leben:
„Wenn mi der Kampus oglangt hätt,
na hätt i eahm an Fuaßtritt geben!

I wollt bloß net" – so lüagt er schlecht –
„dass der die Treppen abiflieagert ...
und jetzat, Mama – waars halt recht,
wenn i a trockne Hosen kriagert!"

Der Wunschzettel von Fredl Hinterfellner

Pfarrer Alois Gierlinger leitete mir folgenden Wunschbrief eines bayerischen Lausbuben an das liebe Jesukindlein zu, der zufällig in seine Hände gekommen war.

Sehr geehrtes Christkind, liebes Jesukindlein!
Mein Name ist Fredl Hinterfellner und ich werde bald neun Jahre alt.

Ich bin nicht sicher, ob es Dich wirklich gibt. Falls ja, schreibe ich Dir jetzt diesen Wunschzettel. Falls nein, ist es sowieso wurscht und Du brauchst ihn gar nicht lesen.

Jetzt ist zwar erst der 2. September, aber ich habe mir gedacht, ich schreibe schon jetzt, dann kannst du die Sachen in Ruhe einkaufen und brauchst nicht so hudeln wie meine Mutter, wenn Besuch kommt. Außerdem kriegst Du jetzt alles noch viel billiger, weil es im Angebot ist. Aber ich glaube, dass Du die Sachen eh nicht bezahlen musst, weil du ja das Christkind bist. Oder stiehlst Du sie vielleicht in einem großen Geschäft, wo es nicht auffällt, wenn etwas fehlt? Wahrscheinlich nicht, weil sonst würde Dich Dein Vater, der wo der Chef im Himmel ist, nicht mehr hineinlassen.

Im Prinzip ist es mir wurscht, wo Du die Sachen hernimmst. Hauptsache, ich kriege sie! Oma hat gesagt, die meisten Geschenke kriegt der, der wo das ganze Jahr schön der Mama folgt und immer das tut, was die Mama will. Ich habe gesagt: das ist der Papa. Da hat die Oma gelacht und gesagt, das gilt natürlich nur für Kinder und nicht für große Leute. Da war ich sehr froh. Ich mag zwar meinen Papa gern, aber dass er die meisten Geschenke kriegt, vergönne ich ihm nicht. Außerdem raucht er, wenn die Mama nicht daheim ist und als Belohnung, weil ich ihn nicht verrate, darf ich mir im Fernsehen einen greislichen Monsterfilm anschauen.

Von uns Kindern bin ich bestimmt der bravere, weil meine Schwester, die wo erst fünf Jahre alt ist, ist ein wahrer Deifl. Sie hat mir zum Beispiel im Sommer einen ganzen

Schübel Haare ausgerissen – wegen nichts und wieder nichts. Nur weil ich ihrem blöden Goldhamster ein Bier gegeben habe, wie sie nicht da war. Dann habe ich ihn in sein Laufrad gesetzt und zugeschaut, wie er läuft und es war recht lustig. Nach einer Weile habe ich ihn darin total vergessen, weil mein Freund Kevin gekommen ist und wir Fußball gespielt haben. Als nach einer Stunde meine Schwester heimkam, hatte sich das dumme Vieh schon derrennt. Sie hat geschrien wie noch was und gesagt, dass ich ein Mörder bin, derweil war es ja praktisch Selbstmord. Er hätte nur das Rennen aufhören brauchen, aber er tat es nicht. Selber schuld. Und ein Schoppen Bier kann doch einem Hamster nichts ausmachen. Außerdem habe ich ihn eh nicht leiden können, weil er hat immer recht gemuffelt. Meine Mama hat mich geschimpft und gesagt, ich bin und bleibe ein totaler Grobian. Mein Vater hat nur ein Wort gesagt: „Hundkrüppl". Dann haben sie den Hamster im Garten neben dem Kompost beerdigt. Als Sarg haben sie eine Bigmäc-Schachtel hergenommen – aber ohne Bicmäc. Ich musste zur Strafe einen Zettel schreiben. Den haben sie auf einem Holzstecken aufgespießt und neben das Grab hingesteckt. Darauf musste ich schreiben:

Hier ruht mein Hamster Fridolin,
erst lebte er, jetzt ist er hin.
Schuld an dem Verdruss
ist mein Bruder, die dumme Nuss.

Da kannst du sehen, liebes Christkind, wie geschert meine Schwester ist. Zum Schluss hat sie noch ganz scheinheilig gesagt: „Herr, gib Fridolin die ewige Ruhe." Aber ich habe genau gemerkt, dass sie mich meint, weil sie mich so angeschaut hat.

Ich beantrage hiermit, dass Du ihr heuer nichts bringst, höchstens eine leere Schachtel, wo ein Zettel drin liegt und darauf soll stehen: „Wer seinem Bruder wegen nichts und wieder nichts einen Schübel Haare ausreißt, kriegt vom Christkind einen Dreck!" Dann hat sie es. Ich wünsche mir dafür heuer etwas mehr, damit es sich wieder ausgleicht.

Ich bräuchte unbedingt ein Fahrrad mit 21 Gängen, weil ich bin in der Klasse der Einzige, der wo nur 3 Gänge hat. Mein altes Rad mit den 3 Gängen kannst du dafür mitnehmen und einem armen Negerkind in Afrika bringen. Für ein solches sind 3 Gänge schon ein totaler Wahnsinn. Dann bring mir bitte noch einen Extra-Plattschirmfernseher für mein Zimmer, damit ich nicht immer den Käse anschauen muss, den meine Mutter und mein Vater sehen wollen. Die schauen die ganze Zeit Tok-Schous und so Zeug an. Weißt du, Tok-Schous sind Sendungen, wo lauter Narrische herumhocken und über was reden, was keinen interessiert.

Außerdem brauche ich noch einen Dress vom FC Bayern München und vorsichtshalber noch eins von den Sechzgern, damit die auch mal wieder hochkommen. Sonst fällt mir momentan nichts ein. Du könntest mir aber noch ungefähr 100 Euros in bar bringen, falls mir später noch etwas einfällt. Dann kaufe ich es mir selber und du hast nicht so viel Arbeit mit mir. Bitte vergiss nichts, weil sonst bin ich enttäuscht. Und in der Zeitschrift, die wo meine Mutter immer liest, steht drin, wenn ein Kind oft enttäuscht wird, wird es psychisch gestört und später eventuell richtig narrisch. Das willst Du doch bestimmt nicht, oder?

Hochachtungsvoll
Dein Fredl

***

Man altert nicht während des Jahres, sondern während der Weihnachtstage.

Greta Garbo

Das Datum ist wichtig

Wenn man den lieben Mitmenschen Kartengrüße schreibt, dann darf man keinesfalls das Datum vergessen, sonst kann es einem ergehen wie jenem Mann, der an Karl Valentin einen Weihnachtsgruß geschickt hatte und von ihm prompt ein Dankesschreiben erhielt, in dem zu lesen stand:

„... ein unblöder Mensch, für den Sie sich halten, wird, wenn er wirklich einem anderen fröhliche Weihnachten wünscht, unbedingt die Jahreszahl ... hinter ‚Fröhliche Weihnachten' schreiben, da sonst der, der das Schreiben empfängt, sich es nicht enträtseln kann, welches Weihnachten der Entsender meint ..."

Weihnachtskarten

Ich schreib so furchtbar ungern Weihnachtskarten,
doch jedes Jahr verschicke ich dann doch ein paar,
nicht deshalb, weil's die anderen erwarten,
auch nicht, weil's immer schon so war.

Nein deshalb nicht, vielmehr sind's andre Gründe,
die kenn ich aber selber nicht so recht genau.
Vielleicht, weil ich noch alte Weihnachtskarten habe,
„Verbrauch sie doch mal", sagte mir meine Frau.

Vielleicht auch, weil mir andere Karten schicken.
Die Höflichkeit gebietet Rückantwort, ganz klar.
„Ich will nicht", knurr ich, seh mich aber dann doch nicken,
schon schreib ich Weihnachtskarten so wie jedes Jahr.

Ich wünsche zwanghaft Fröhlichkeit und Frieden,
dazu im neuen Jahr Gesundheit und viel Glück,

Dabei will ich das Schreiben mir verbieten,
doch es gelingt mir nicht und ich schreib Stück um Stück.

Hab ich die letzte Karte dann zur Post getragen,
dann schwör ich mir, das war das letzte Mal im Leben.
„Von mir wird es“, hör ich mich lauthals sagen,
„nie wieder eine Weihnachtskarte geben.“

Doch das sind leere Worte. Ist ein Jahr vergangen,
und wird's Advent, dann kommt der Tag,
und bis ich's merke, hab ich wieder angefangen,
schreib Weihnachtsgrüße, wenn ich auch nicht mag.

In meinem Schreibfach liegen plötzlich Weihnachtskarten,
die scheinen über's Jahr sich zu vermehren.
Dass ich zur Hand sie nehme, darauf scheinen die zu warten,
und es gelingt mir nicht, mich gegen sie zu wehren.

Oft schreck ich aus dem Schlaf und hör mich schreien:
„Ihr, Weihnachtskarten, seid von mir verflucht!“
Kein Psychiater kann mich von dem Zwang befreien,
das weiß ich sicher, drum hab ich's noch nicht versucht.

Ich kann, das wird mir langsam immer klarer,
dem Weihnachtskartenschreiben nicht entkommen.
Ja, das ist wahr und wird mit jedem Jahr noch wahrer,
nein, dieser Fluch wird nie von mir genommen.

Und so verbring ich im Advent gar manche Stunden
mit Weihnachtskartenschreiben. Wer hat das erfunden?
Bekäme ich das Monster mal zu fassen,
ich würd es in der Hölle schmoren lassen.

Ich würd es nicht mit Feuer, nicht mit Zangen schinden.
Ich sperrte es in einen Raum, dort müsst es bleiben.
Und grinsend würde ich das Urteil ihm verkünden:
„Auf ewig musst du Weihnachtskarten schreiben.“

Christkind

Ein wehrloses Kind, das zu Weihnachten
für alles mögliche missbraucht wird:

1. Von Eltern als Drohmittel: „Sei bloß brav, sonst ..."
2. Von Kaufhäusern als unbezahlter Werbeträger.
3. Unterm Christbaum als stimmungsvolle Verzierung.
4. Als Gabenbringer zu verbotener Kinderarbeit.

Plätzchen und Stollen

„Wenn die Mama Plätzchen backt", hat der kleine Hubert gsagt, „ist kein Plätzchen mehr für mich in der Küche."

***

„Weils unsere Frauen zum Plätzleaustecha brauchat", hat der Allgäuer gsagt, wie ihn ein Tourist gefragt hat, warum hier die Einheimischen vor Weihnachten so selten ihr Gebiss im Mund haben.

***

„Sabine", fragt die Mutter, „weißt du, wo ich die Weihnachtsplätzchen hingetan habe?" – „Natürlich", sagt Sabine. „So so", sagt die Mutter, „dann muss ich aber schnell an andern Platz suchen."

***

Bei Christstollen handelt es sich sowohl um jene verborgenen Gänge im Körper, durch welche sich die Kalorien in den menschlichen Körper graben, wie auch um den bekannten fettreichen, gezuckerten Marzipantorpedo, der einmal in den Magen eingefahren, den Körper explosionsartig aus den Fugen geraten lässt.

***

„Könnt's ihr zwoa denn nicht ein einziges Mal einer Meinung sein", schimpft die Mutter ihre zwei Buben, als sich die um den letzten Lebkuchen streiten. – „Aber was hast denn, Mama", widerspricht der eine, „mir sind uns doch einig – er will den Lebkuchen habn und ich auch."

***

Manche glauben allen Ernstes, ein Christstollen in jeder Hand sei eine ausgewogene Ernährung.

Auf zum Endspurt!

Wünsche

„Liebes Christkind“, schreibt die kleine Susi auf ihren Wunschzettel, „ich wünsche mir eine Puppe, die sprechen und gehen kann und die mit meiner Mutter fertig wird.“

***

„Meinetwegen, dann gehn wir morgen halt zum Friseur“, verspricht die Mama ihrer Tochter, als die ihr gesteht: „Mein größter Weihnachtswunsch wär ein Pony.“

***

„Der Gustl hat im Sommerzeugnis lauter Vierer und Fünfer. „Bua“, sagt der Vater, „des Einzige, was ich mir dieses Jahr von dir zu Weihnachten wünsch, sind bessere Noten.“ – „Des geht leider nicht“, widerspricht der Gustl, „ich hab dir nämlich schon eine Krawattn kauft.“

***

„Was wünscht du dir denn zu Weihnachten“, wird Rosmarie von der Mutter gefragt.

Darauf das Kind: „Eine Gegenfrage: Kriegt der Rudi das Schlagzeug, das er sich wünscht?“ Die Mutter nickt. „Dann“, so Rosmarie, „wünsch ich mir ein Rennradl, damit ich rasch flüchten kann.“

***

„Was wünscht du dir denn zu Weihnachten“, fragt der Direktor eines großen Konzerns seinen Sohn. „Ein Schwesterchen“, sagt der Kleine. „Du, das geht leider nicht“, wehrt der

Vater ab, „Weihnachten ist ja schon in 14 Tagen. Da ist einfach zu wenig Zeit.“ – „Aber Vati“, bettelt der Kleine, kannst du nicht einfach ein paar Leute zusätzlich einstellen?“

***

Ein Mann, der von seiner Frau einen Brief ans Christkind zugeschoben bekam, in dem sie kindlich um einen Brillantring bat, nahm den Brief, ging zum Briefkasten und warf ihn vertrauensvoll ein. Beide wunderten sich am Heiligen Abend, als Sie feststellten, dass das Christkind diesen Wunsch einfach nicht zur Kenntnis genommen hatte.

Die drei unbeliebtesten Weihnachtsgeschenke

… für Frauen:
- Dampfbügeleisen
- Topflappen
- Gutschein fürs Fitnesscenter

… für Männer:
- Socken
- Krawatten
- Nasenhaarentferner

… für Kinder:
- zu große Anziehsachen zum Hineinwachsen
- Lernspiele
- Pädagogisch wertvolles Spielzeug aus Holz

Wer verdient eine besondere Weihnachtsgratifikation?

Der Chef einer Firma erkundigte sich vor Weihnachten bei seinen Abteilungsleitern, wie sie mit der Arbeit der ihnen zugeteilten Assistenten zufrieden seien und wer demnach eine besondere Weihnachtsgratifikation verdienen würde. Vom Leiter der *Abteilung Drei* erhielt er folgende Nachricht:

Erste E-Mail

Hallo Chef,

Sie erkundigen sich nach Herrn Meyer. Er ist stets dabei,
eifrig seine Arbeit mit großer Umsicht zu tun, ohne jemals
seine Zeit mit einem Schwätzchen zu verplempern. Nie
lehnt er es ab, anderen zu helfen, und trotzdem
schafft er sein Arbeitspensum; häufig bleibt er länger
im Büro, um Wichtiges zu beenden. Oft arbeitet er sogar
in der Mittagspause. Mein Assistent ist jemand ohne
Überheblichkeit in Bezug auf seine überragenden
Computerkenntnisse. Er ist ein Mitarbeiter, auf den man
stolz sein kann und auf deren Arbeitskraft man nicht
gern verzichtet. Ich denke, dass es Zeit wird für ihn,
endlich befördert zu werden, damit er nicht daran denkt,
zu gehen. Die Firma kann davon nur profitieren.

Zweite E-Mail

Hallo Chef,

als ich vorhin meine erste Email an Sie geschrieben habe, hat mein Assistent – dieser Volltrottel – dummerweise neben mir gestanden. Bitte lesen Sie meine erste Nachricht noch einmal – aber diesmal nur jede zweite Zeile (beginnend ab der ersten nach der Anrede).

Adventskranz für den Weihnachtsmuffel

Wer Weihnachten seine Ruhe haben will und deshalb möchte, dass das Fest an ihm vorübergeht, ohne dass er es feiern muss, der stelle nur drei Kerzen auf den Adventskranz, denn dann kommt Weihnachten nicht, wie der alte Spruch verspricht:

> Soll Weihnachten kommen, mein Kind, ja dann,
> zünde brav nacheinander vier Kerzen an:
> erst eine, dann zwei, dann drei dann vier,
> dann steht das Christkind vor der Tür!
> Doch brennen auf deinem Kranz nur drei,
> geht Weihnachten still an dir vorbei.

Eine andere Möglichkeit ist, fünf Kerzen auf dem Adventskranz anzubringen, und nach der dritten gleich die fünfte Kerze zu entzünden, denn, so das Sprüchlein:

> Wenn das fünfte Lichtlein brennt,
> dann hast du Weihnachten verpennt.

Was soll ich bloß schenken?

Ein Schwabe fragt seinen Arbeitskollegen: „Was schenkst du denn deiner Frau z' Weihnachta?" – „Alle meine Liebe!" – „Was all dei Liab? Abr sei doch net so dumm, dann hasch ja gar nix mehr für's nächst Jahr."

***

„Du, meine Frau wünscht sich zu Weihnachten etwas, das ihr zu Gesicht steht", erzählt der Hubert seinem Freund. – „Ja dann", rät ihm sein Freund, „kauf ihr doch einfach einen Faltenrock."

***

„Meine Eltern wolln mir zu Weihnachten keinen Hund schenken", beklagt sich Hans bei seinem Freund Paul. „Dann brauchst du dir", rät ihm Paul, „nur ein Brüderchen von ihnen wünschen, dann kriegst du deinen Hund schon."

***

„Ich schenk meinem Mann des Jahr zu Weihnachten ein Navigationssystem für sein Auto", sagt Frau Hinterseher zu ihrer Freundin, „weil er dann endlich einmal das machen muss, was ihm eine Frau sagt."

***

Schenken geschieht meistens mit einem Hintergedanken. So beglückte ein Glasermeister seine Kinder zu Weihnachten immer wieder mit Steinschleudern und Fußbällen.

***

„Am liaban“, sagt der Monaco-Franze, „schenk ich meim Spatzl zu Weihnachten an Lippenstift, weil den kann ich mir nach und nach wieder zurückholn!“

***

„Ich schenk meim Mann dieses Jahr Goethe und Schiller zu Weihnachten, und zwar in Leder“, sagt die Huberin zur Greinerin, worauf die meint: „Da hast du recht, die gehn zum Glück nicht so leicht kaputt wie die aus Gips.“

Weihnachtsumfrage

Eine weltweit gestartete Umfrage der UNO zu Weihnachten 1997 lautete: „Teilen Sie uns möglichst rasch Ihre wahre Meinung zur Lösung der Lebensmittel-Knappheit im Rest der Welt mit.“ – Verständnisschwierigkeiten ließen die Umfrage jedoch scheitern.

In Afrika kannte man „Lebensmittel“ nicht.
Südamerika kannte die Bedeutung von „rasch“ nicht.
In Osteuropa war der Begriff „wahr“ unbekannt.
Westeuropa sagte das Wörtchen „Knappheit“ nichts.
Die Chinesen wussten nicht, was „Meinung“ ist.
Der Nahe Osten stand ratlos vor dem Begriff „Lösung“.
Und die USA hatte noch nie etwas vom „Rest der Welt“ gehört.

Krippenzauber

Der kleine Uli geht am ersten Adventsonntag in die Kirche und macht sich an der dort aufgestellten Weihnachtskrippe zu schaffen. Der Pfarrer beobachtet ihn unbemerkt dabei, sagt aber nichts. Nachdem der Bub gegangen ist, schaut sich der Pfarrer die Krippe an und stellt fest, dass Uli den Heiligen Josef mitgenommen hat. Am zweiten Adventssonntag erscheint der Kleine wieder in der Kirche, geht zur Krippe und nimmt etwas weg. Der Pfarrer beobachtet ihn, sagt aber wieder nichts. Nachdem er weg ist, schaut sich der Pfarrer die Krippe an und stellt fest, dass Uli die Heilige Maria mitgenommen hat. Jetzt wird's dem Pfarrer zu bunt und er beschließt, den Buben beim nächsten Mal anzusprechen. Am dritten Adventssonntag kommt Uli wieder, geht zur Krippe, nimmt allerdings nichts weg sondern legt einen Brief in die Krippe. Der Pfarrer denkt sich: Nanu! und wartet erst einmal ab. Als Uli fort ist, geht der Pfarrer zur Krippe, nimmt den Brief und öffnet ihn. „Liebes Christkind“, liest er, „wenn Du mir dieses Jahr wieder kein Mountainbike zu Weihnachten schenkst, siehst Du Deine Eltern nie wieder!“

***

Nachdem die Kinder der 2. Klasse das Lied „Stille Nacht, Heilige Nacht“ gesungen haben, dürfen sie ein Bild zu diesem schönen Weihnachtslied malen. Am Ende der Stunde schaut sich der Lehrer gemeinsam mit der Klasse die Ergebnisse an. Besonders das Bild vom Maxl fällt allen auf. „Du, Maxl“, fragt schließlich der Lehrer, „wer ist denn das kleine dicke Männchen neben Maria und Joseph, das da direkt beim Christkindl an der Krippe steht und so herzlich lacht? Ist das ein Hirte?“ – „Aber nein, Herr Lehrer, des ist doch da Owi.“ – „So“, wundert sich der Lehrer, „aber Maxl, der kommt im ganzen Lied doch gar nicht vor.“ –

„Des stimmt nicht, Herr Lehrer, mir haben's doch grad gsungn: Stille Nacht, heilige Nacht, Gottes Sohn Owi lacht."

***

„Warum hat Gott in den Stall von Bethlehem kein Pferd, sondern einen Esel gestellt?", fragt der Pfarrer in der Schule. Da meldet sich der Thomas: „Weil er wusste, dass Pferde einmal von der Technik verdrängt würden. Esel aber wird es immer geben."

Weihnachtsmärkte

Weihnachtsmärkte sind eine Ansammlung von Bretterbuden mit lieblos aufgetackerten Tannenzweigen, vor denen sich fröstelnde Menschen kurz vor Jahresende drei Wochen lang vorzugsweise bei Einbruch der Dämmerung zusammenrotten, um sich minderwertige Lebensmittel andrehen zu lassen, die sie, sich dabei gegenseitig mit nostalgisch verklärten Blicken anhimmelnd, auf die dümmste Art, die man sich nur vorstellen kann, verzehren, wobei sie sich von dem Gedudel sogenannter weihnachtlicher Weisen ohne Gegenwehr foltern lassen.

Die Weihnachtsausgabe

„Ich werde nicht mehr", sprach genervt der Journalist
zum Redakteur, „für unsre Weihnachtsnummer
Sentimentales schreiben. Über diesen alten Mist
empfind ich eines nur noch: riesengroßen Kummer.

Es herrscht doch Kaufwahn bis zum Fest des Fressens,
das Vorsatzfassen dann am Schluss vom alten Jahr
ist wert nur des beschleunigten Vergessens,
das neue Jahr wird eh genauso, wie das alte war.

Wir halten Einkehr nicht in uns, denn im Advent
kehr'n wir nur massenweise in die Warenhäuser ein.
Das Fest der Liebe, an dem jeder rennt,
will nur ein Fest der Liebe zu Geschenken sein.

Und dann das Prosit- und Glückwünschegrölen
ist nur ein Vorwand, nach den Fressgelagen
die Kehle und die Seele alkoholisch einzuölen,
dass wir nicht irre werden an den wirren Tagen.

Drum schreibe ich, auch wenn Sie's nicht erlauben,
nie wieder diese Stille-Nacht-Geschichten,
weil uns die Leser doch kein Wort mehr glauben
und jede O-du-fröhlich-Nummer hinterrücks vernichten."

Der Redakteur, erst sprachlos, rief: „Phantastisch!
Das hätte auch ich besser kaum gesagt.
Sie formulierten das, Kollege, wirklich plastisch,
genau ein solcher Ton ist dieses Jahr gefragt.

Die Zeilen bringen Sie jetzt zu Papier,
wir setzen sie dann in die Weihnachtsnummer rein,
denn, Herr Kollege, glaub'n Sie's mir,
das trifft den Zeitgeist, das wird unser Knüller sein!

Kritische Töne lieben unsre Leser nämlich sehr,
doch haben sie die Weihnachtsschelte erst gelesen,
verfallen sie dem Kaufwahn wie bisher
und schnell sind alle guten Vorsätze vergessen.“

Weihnachten ist das Fest der Hoffnung, dass es vorübergeht.

Georg Kreisler

Sie und Er

„Jetzt weiß ich, warum Weihnachten in meiner Kindheit so schön war", sagt der Papa zu seiner besseren Hälfte. „Damals hab ich die Geschenke nicht bezahlen müssen!"

***

„Advent, Advent, der Bärwurz brennt", kichert der Opa. „Erst trink i oan, dann zwoa, dann vier, hauts mich mit 'm Hirn auch hin an d' Tür."

***

„Du darfst das Geld schon behalten", hat der Mann zu seiner Frau gsagt, die ihm erzählt hat, dass sie von ihm im Traum zu Weihnachten 500 Euro gschenkt gekriegt hat, damit sie sich ein neues Kleid kaufn kann.

***

„Männer sind Lebewesen", hat d' Frau Maier gesagt, „die Fußballkarten drei Monate im Voraus kaufen, aber mit den Weihnachtseinkäufen bis Heiligabend warten."

***

„Ja mei, Verwandtschaftspflege – das ist schon ein bisserl mehr als regelmäßiges Erneuern vom Grabschmuck", hat der Herr Maier zu seiner Frau gsagt, wia die gestöhnt hat, dass sich die Tante Marie fürn Heilign Abend schon wieder zu Besuch angmeldet hat.

***

„Wir haben so viel Liebe zu Weihnachten", hat d' Huberbäuerin zu ihrm Mo gsagt, „drum friern ma was ein davon und tauns nach und nach auf. Und wenn ma sparsam umgehn, reichts uns bis nächste Weihnachten, da gibts dann wieder frische."

***

„Du", sagt der Monaco-Franzi zu seinem Spezi, „ich weiß jetzt immer noch nicht, was ich meiner Liebsten zu Weihnachten schenken soll – geschweige denn meiner Frau."

***

„Meine Frau", schwärmt der sparsame Grandinger, „ist einfach eine Traumfrau. Sie feiert an Weihnachten auch ihren Geburtstag. Da geht das Schenken in einem Aufwasch."

***

„Meine schwerste Aufgabe zu Weihnachten ist", gesteht so mancher leidgeprüfte Vater, „wie ich meinen Kindern klar mache, dass ich der Weihnachtsmann bin, und meiner Frau verdeutliche, dass ich's nicht bin."

***

Weihnachtsfeier im Schwabinger Krankenhaus. Erfreut begrüßt der Oberarzt den Chirurgen: „Gut, dass Sie endlich kommen, Herr Kollege, wir brauchen dringend jemanden, der den Truthahn zerlegt."

Regeln für die Weihnachtsfeier

Nachricht auf der Informationstafel einer Münchner Firma

Liebe Mitarbeiter,

wie schon in den Vorjahren wollen wir auch in diesem Jahr das anstrengende Geschäftsjahr mit einer gemeinsamen Weihnachtsfeier beenden.
Da es im letzten Jahr einige etwas unerfreuliche Zwischenfälle gab, möchte die Geschäftsleitung im Vorfeld auf gewisse Spielregeln hinweisen, um die besinnliche Feier auch im rechten Rahmen ablaufen zu lassen.

1. Wenn möglich sollten die Mitarbeiter den besagten Raum noch aus eigener Kraft erreichen, und nicht im alkoholisierten Zustand von Kollegen hereingetragen werden. Eine Vorfeier ab den frühen Morgenstunden – das sogenannte „Vorglühen" – sollte möglichst vermieden werden.

2. Es wird nicht gern gesehen, wenn sich Mitarbeiter mit ihrem Stuhl direkt an das kalte Buffet setzen. Jeder sollte mit seinem gefüllten Teller einen Platz an den Tischen aufsuchen! Auch die Begründung „Sonst frisst mir der Kollege die ganzen Melonenschiffchen weg" kann nicht akzeptiert werden.

3. Schnaps, Wein und Sekt sollte auch zu vorgerückter Stunde nicht direkt aus der Flasche getrunken werden. Besonders wenn man noch Reste der genossenen Mahlzeit im Mund hat. Der Hinweis „Alkohol desinfiziert" beseitigt nicht bei allen Mitarbeiten das Misstrauen gegen Speisereste in den angetrunkenen Flaschen.

4. Wer im letzten Jahr den bereitgestellten Glühwein gegen eine Mischung aus Hagebuttentee und Super-Bleifrei ausgetauscht hat, wird darum gebeten diesen Scherz nicht

noch einmal zu wiederholen. Sicherlich ist uns allen noch in Erinnerung, was passierte als Kollege Müller sich nach dem dritten Glas eine Zigarette anzündete.

5. Sollte jemand nach Genuss der angebotenen Speisen und Getränke von einer gewissen Unpässlichkeit befallen werden, so wird darum gebeten, die dafür vorgesehen Örtlichkeiten aufzusuchen. Der Chef war im letzten Jahr über den unerwarteten Inhalt seines Aktenkoffers nicht sehr begeistert.

6. Wenn Weihnachtslieder gesungen werden, sollten die Originaltexte gewählt werden. Einige unserer Auszubildenden sind noch minderjährig und könnten durch einige Textpassagen irritiert werden. In diesem Zusammenhang möchten wir nochmals daran erinnern, dass einige der männlichen Kollegen sich noch nicht zur Blutuntersuchung zwecks Feststellung der Vaterschaft gemeldet haben. Unsere im Mutterschaftsurlaub befindliche Mitarbeiterin meint, es bestände ein ursächlicher Zusammenhang zwischen der letztjährigen Weihnachtsfeier und der Geburt ihrer Tochter im September dieses Jahres.

Wenn wir uns alle gemeinsam an diese wenigen Verhaltensmaßregeln halten, sollte unsere Weihnachtsfeier wieder ein großer Erfolg werden.

Mit freundlichen Grüßen
Die Geschäftsleitung

Anordnung zur Aufführen von Krippenspielen an bayerischen Staatsministerien

§ **124** Krippenspiele können in Dienststellen mit ausreichendem Personal unter Leitung eines erfahrenen Vorgesetzten zur Aufführung gelangen. Sie sind in Dienstweihnachtsfeiern einzubinden. Zur Besetzung sind folgende in der Personalplanung vorzusehende Personen erforderlich:

Maria: möglichst höher gestellte weibliche Beamtin oder ähnliche Person

Josef: älterer Beamter mit Bart (z. B. angehender Pensionist)

Kind: kleinwüchsiger Beamter oder Auszubildender

Esel und Schafe: geeignete Beamte aus verschiedenen Laufbahnen

Heilige Drei Könige: sehr religiöse Beamte

Zum Absingen von Weihnachtsliedern vor oder nach der Aufführung von Krippenspielen stellen sich die Bediensteten unter Anleitung eines Vorgesetzten zwanglos streng nach Dienstgraden geordnet um den Dwbm (Dienstweihnachtsbaum) auf. Eventuell vorhandene Weihnachtsgeschenke können bei dieser Gelegenheit durch den Vorgesetzten in Gestalt eines Weihnachtsmannes an die Untergebenen verteilt werden.

Glühweintrinken

Im Advent zur Weihnachtszeit
denkt jeder Gutmensch an das Leid
und all die Not auf unsrer Welt
und spendet deshalb gerne Geld.

Doch ich geh täglich aus dem Haus
und suche Weihnachtsmärkte auf.
Verbringe dort die ganze Zeit,
weil mich nur dort das Helfen freut.

Da gibt es Glühwein für die Armen
der Welt. Ich will mich gern erbarmen.
Von jeder Tasse, die ich trinke,
fällt für die Not ab Pinkepinke.

Ein Euro geht da weg pro Tasse,
die ich genüsslich dort verprasse.
So trinke ich das Leid der Welt
hinweg, was mir recht gut gefällt.

Dort an dem Standl fang ich an
und trinke für Afghanistan.
Ein Glas dann für „Brot in der Welt“,
ein großes, das gleich doppelt zählt.

Kurz drauf eins für die armen Inder
und eines für verstoßne Kinder.
Danach trink ich noch schnell zwei Glas
fürs „Rote Kreuz“ und „Caritas“.

Für Araber in Palästina,
Ein Glas für Hungernde in China,
fürs Kinderdorf, für Terroristen
und eines für verfolgte Christen.

Der Punsch für die „Malteser Ritter“
schmeckt etwas herb und ziemlich bitter.
Ich trink für den Erhalt der Meere,
für Tierschutz, ’s ist mir eine Ehre.

Zu einem Glas für Asylanten
ermuntern mich zwei alte Tanten.
Für „Sternstunden“ ein weitres Glas,
bin ich auch schon ein wenig blass.

Jetzt noch ein Glas für „Licht ins Dunkel“
Bevor ich dann hinüberschunkel
zum Stand verfolgter Minderheiten,
die sollen auch nicht so viel leiden.

Dann denk ich an den Lions-Club,
fühl mich danach ein wenig schlapp.
Für die Rotarier ein Wein,
die sollen nicht vergessen sein.

An einem Stand legt man mich rein
Ich trink ein Glas bei Kerzenschein
für Afrika. Das sei nicht wahr,
wie ich am nächsten Stand erfahr.

Nix Afrika, das sind Rebellen,
die schwindeln und sich harmlos stellen,
die sich tatsächlich nicht geniern
und Sprengstoffgürtel finanziern.

Ich merk, dass gute Werke schwächen,
denn ich kann nur noch lallend sprechen.
Ich schwanke heim, das ist gescheiter,
doch morgen trinke ich dann weiter.

Nach Weihnachten hab ich genug,
buch einen Alkoholentzug
und freu mich auf die stille Zeit
im nächsten Jahr zur Weihnachtszeit.

Trink mich erneut durch den Advent,
und lösch die Not, die weltweit brennt,
mit Glühwein. Wie die andern Deppen
lass ich mich Jahr für Jahr gern neppen.

Ich hör erst auf, das sag ich offen,
ist alle Not zu Grund gesoffen.

Weihnachtseinkaufsmarathon

„Eine 50-Cent-Briefmarke bitte“, verlangt ein Schwabe auf dem Postamt. „Aber machet Sie bitteschön den Preis ab, es soll nämli a Weihnachtsgeschenkle sei!“

***

Ein Bauer möchte für seine Frau zu Weihnachten ein Ölgemälde kaufen. Als er in einer Kunsthandlung ein Werk entdeckt hat, erklärt ihm der Verkäufer: „Eine gute Wahl, mein Herr, ein alter Holländer.“ „Tatsächlich“, staunt der Bauer, „ich hätt des für a jungs Madl g’haltn.“

***

Evi und Kathi wollen für ihre Oma ein Weihnachtsgeschenk kaufen. Deshalb gehen sie in ein Bekleidungsgeschäft. „Wir hätten gerne ein Weihnachtsgeschenk für unsere Oma“, sagt Evi. „Was für eine Figur hat euere Oma denn“, erkundigt sich die Verkäuferin. Kathi deutet mit ihren Armen eine voluminöse Gestalt an und meint dann: „Also, wenn ich ehrlich bin, das einzige, was d’ Oma fertig tragen könnte, wär ein Regenschirm.“

***

Im Spielwarengeschäft lässt sich eine Mutter beraten.
„Und dieses Spielzeug“, erklärt ihr der Verkäufer, „bereitet ihr Kind auf den Ernst des Lebens vor. Wie man es auch zusammensetzt – es ist immer falsch.“

***

Plakat am Postamt:
„Bringen Sie Ihre Weihnachtspakete früher zur Post. Abgesehen davon, dass es unsere Arbeit erleichtert, geben Sie dem Empfänger damit Gelegenheit, sich rechtzeitig erkenntlich zu zeigen.“

Der Briefträger ist verärgert, weil er wegen einer Weihnachtskarte extra zum Leuchtturm rudern und 130 Turmstufen hochklettern muss. „Post für dich, Jan", brummt er unwirsch. „Sei bloß freundlich zu mir", meint da Jan, „wenn du maulst, abonnier ich die Tageszeitung."

***

„Gern", hat der Verkäufer gesagt, als die Frau Lechner gefragt hat, ob sie die Bluse im Schaufenster anprobieren dürfte, „gern, vielleicht hebt das unsern Weihnachts-Umsatz."

***

Frau Gsangl strickt an jedem Abend im Advent. „Was soll denn das werden?", fragt ihr Mann. „Das ist ein Weihnachtsgeschenk für dich", gesteht sie. „Aber", meint er, „das hätt'st du jetzt nicht sagen solln. Nun ist das doch keine Überraschung mehr." – „Doch, doch", wehrt sie ab, „ich weiß ja selbst noch nicht, was es werden soll."

So einfach

„Weißt du schon, was du dies Jahr schenkst,
wenn an Weihnachten du denkst?"

„Ja, ich will ohne Bedenken
mir das Schenken dies Jahr schenken!"

Ja,
diese
Zeilen erzählen
nichts von Weihnachten
und doch
erinnern sie
in ihrer Anordnung
eindringlich an Weihnachten,
vielleicht mehr
als manch andere Zeilen,
die vorgeben, etwas über Weihnachten
auszusagen. Aber Ihnen fehlt die Form,
in welche diese Zeilen
gebracht sind. Und bekanntlich
bedingen Form und Inhalt einander, was
diese weihnachtlichen Zeilen aufs trefflichste
zeigen, weshalb sie doch etwas
über Weihnachten aussagen, ohne etwas
darüber zu erzählen. Gibt es ein schöneres
Beispiel für die Absichtslosigkeit von Dichtung?
Ich
meine,
wohl
kaum.

Folgenreiche E-Mail zur Weihnachtszeit

Ein Ehepaar aus München beschloss kurz vor Weihnachten, eine Woche Ferien in der Südsee zu verbringen, um dem eisigkalten Winter in Deutschland zu entfliehen. Weil beide berufstätig waren, hatten sie unterschiedliche Abflugtermine. Also ergab es sich, dass er am Donnerstag abreiste und sie ihm am nächsten Tag folgte.

Angekommen wie geplant, bezog der Ehemann das Hotelzimmer. Sofort nahm er seinen Laptop, um seiner Frau in München eine E-Mail zu schreiben. Unglücklicherweise ließ er einen Buchstaben in ihrer E-Mail-Adresse aus und versandte die Nachricht, ohne den Fehler zu bemerken.

In München kam gerade eine frischgebackene Witwe von der Beerdigung ihres Gatten. Ein treuer Ministerialbeamter, der durch eine Herzattacke ehrenvoll heimgerufen worden war. In Erwartung von Anteilnahme aus Freundes- und Bekanntenkreisen prüfte die Trauernde ihre E-Mails. Während sie die erste Nachricht las, fiel sie ohnmächtig zu Boden.

Der Sohn der Witwe eilte in das Zimmer, sah seine Mutter auf dem Boden liegen und blickte auf den Bildschirm, auf dem Folgendes zu lesen war:

To: Meiner geliebten Frau
From: Deinem nun getrennten Mann
Subject: Bin angekommen

Eben bin ich angekommen und hab schon eingecheckt. Ich sehe, dass alles bestens vorbereitet ist für Deine Ankunft morgen. Freue mich schon, Dich zu sehen!

Hoffe, Deine Reise ist genauso angenehm, wie meine war.

PS: Verdammt heiß hier unten!

Warum in Bayern „Heilig Abend" auch „Valentinstag" heißt

Beliebt an Weihnachten sind bekanntlich immer wieder Aufführungen, bei denen die sogenannte „Herbergssuche" vorgespielt wird. Dabei ziehen zwei Kinder, verkleidet als Maria und Josef, auf einer Bühne von einem Gasthaus zum anderen. Es ist Nacht und die zwei klopfen, erschöpft von der langen Wanderung von Nazareth nach Bethlehem, an die erste Türe. Da erscheint dann immer ein Bub, der sich als Wirt verkleidet hat, und fragt mürrisch: „Wer klopfet an?", worauf Josef winselt: „O zwei gar arme Leut!" Darauf grollt der Wirt: „Was wollt ihr dann?" Darauf wieder Josef: „O gebt uns Herberg heut! O, durch Gottes Lieb wir bitten, öffnet uns doch eure Hütten!" Jetzt wieder der Wirt: „O nein, nein, nein!" Josef lässt aber nicht nach: „O lasset uns doch ein!" Der Wirt denkt gar nicht daran: „Es kann nicht sein." Josef bleibt jedoch hartnäckig: „Wir wollen dankbar sein!" Jetzt ist der Wirt sauer und brüllt: „Nein, nein, nein, es kann nicht sein, da geht nur fort, ihr kommt nicht 'rein!" Und schon haut er den beiden die Türe vor der Nase zu.

Maria und Josef gehen daraufhin nacheinander von einem Gasthaus zum andern, betteln um ein Quartier, werden aber überall abgewiesen. Schließlich kommen sie zum letzten Wirt und der schickt der sie zu schlechter Letzt dann in einen Viehstall. Josef meint kleinlaut: „O, wohl ein schlechter Ort!" Drauf der Wirt: „Ei, der Ort ist gut für euch, ihr braucht nicht viel. Da geht nur gleich!"

Das „Herbergssuche"-Spiel soll den Zuschauern vor Augen führen, dass auch sie im Grunde genommen wie die Wirte handeln würden, wenn da plötzlich nachts zwei Fremde vor der Türe stünden und um ein Quartier bitten würden. Ganz klar, auch wir würden die beiden sicher abweisen, und zwar einfach nur deshalb, weil sie uns fremd sind.

Was aber ist denn ein Fremder überhaupt? Diese Frage

stellte sich auch schon der Komiker Karl Valentin und er überlegte, ob ein Fremder, der aus der Fremde in ein fremdes Land kommt, dort für immer ein Fremder bleibt. Seine Antwort auf diese Frage lautete: Nein! Ein Fremder bleibt nicht immer ein Fremder, weil fremd ist der Fremde nur in der Fremde und dort fühlt er sich fremd, weil jeder Fremde, der sich fremd fühlt, ein Fremder ist, und zwar so lange, bis er sich nicht mehr fremd fühlt – dann ist er kein Fremder mehr.

Wenn aber ein Fremder schon lange in der Fremde ist, ist das dann auch ein Fremder? Oder ist das dann ein Nichtmehrfremder? Das ist natürlich dann ein Nichtmehrfremder; aber es kann diesem Nichtmehrfremden – unbewusst – doch noch einiges fremd sein, so ist zum Beispiel den meisten Münchnern das Hofbräuhaus nicht fremd – hingegen sind ihnen die meisten Museen fremd. Das heißt, dass also der Einheimische in seiner eigenen Vaterstadt zugleich auch ein Fremder sein kann.

Es gibt aber auch Fremde unter Fremden! Wenn nämlich Fremde mit dem Zug über eine Brücke fahren und ein anderer Eisenbahnzug mit Fremden fährt unter derselben durch, so sind die durchfahrenden Fremden – Fremde unter Fremden.

Das Gegenteil von Fremden sind nun die Einheimischen. Aber dem Einheimischen sind die fremdesten Fremden oft nicht fremd, – er kennt zwar die Fremden persönlich nicht, merkt aber sofort, dass es sich um Fremde handelt, und daher sind die Fremden ihm nicht mehr fremd, obwohl sie Fremde sind bzw. es sich um Fremde handelt; zumal, wenn diese Fremden in einem Fremdenomnibus durch die Stadt fahren, auf dem ja draufsteht, dass der Bus Fremde fährt.

Fragt so ein Fremder nun in einer fremden Stadt einen Fremden – der auch ein Einheimischer sein könnte, der dem Fremden aber wiederum fremd ist – um irgendetwas, was ihm fremd ist, so sagt der Fremde zu dem Fremden, vorausgesetzt, er ist ein Fremder: „Das ist mir leider fremd, ich bin hier nämlich selber fremd."

Das Gegenteil von fremd ist hingegen bekannt. Wenn ein Fremder einen Bekannten hat, so muss ihm dieser Bekannte zuerst fremd gewesen sein, – aber durch das gegenseitige Bekanntwerden sind sich die beiden nicht mehr fremd. Wenn aber diese beiden Bekannten zusammen in eine fremde Stadt reisen, so sind diese zwei Bekannten dort für die Einheimischen wieder Fremde geworden. Sollten sich diese beiden Bekannten hundert Jahre in dieser fremden Stadt aufhalten, so sind sie dort den Einheimischen nicht mehr fremd.

Sehen Sie, das alles hätten Maria und Josef eben bedenken müssen, bevor sie sich von Nazareth nach Bethlehem auf den Weg gemacht haben, aber leider haben sie damals Karl Valentin noch nicht gekannt. Hätten sie und die Wirte aber den Komiker gekannt und das was er über die Fremden erzählt hat, dann gäbe es wahrscheinlich heute in der Adventszeit nicht das Spiel der „Herbergssuche", bei dem es den Zuschauern vor Rührung fast das Herz zerreißt. Denn Josef hätte dem ersten Wirt dann sicher klar gemacht, dass er zwar vor drei Stunden noch ein Fremder war, jetzt aber, weil er schon drei Stunden in Bethlehem auf Herbergssuche gewesen sei, mittlerweile ein Nichtmehrfremder sei und er deshalb Anspruch auf ein ordentliches Quartier habe.

Und dann hätte zumindest der letzte Wirt Maria und Josef sicher ein Quartier angeboten, sodass das Jesuskind nicht in einem Stall zur Welt gekommen wäre zwischen Ochs und Esel, sondern in einem normalen Gästezimmer zwischen Menschen, weshalb es dann heute unterm Christbaum auch keine Krippe in der Form gäbe, wie wir sie kennen, und womöglich Weihnachten ganz ausfallen würde, weil ja die ganze Rührung mit dem Christkind auf Heu und Stroh und den singenden Engeln über dem Stall beim Teufel wäre.

Daraus folgt: Es ist gut, dass sich Karl Valentin erst 2000 Jahre nach der Herbergssuche von Maria und Josef über die Fremden Gedanken gemacht hat und uns dadurch das Spiel der „Herbergssuche", die Krippe und sogar das Weihnachtsfest letztendlich gerettet hat. Sehen Sie, und deshalb heißt in Bayern nach altem Brauch in einigen traditionsbewussten Gegenden „Heilig Abend" auch „Valentinstag".

Der Christbaumklau

„In dem Jahr kauf ich, kannst mir's glaum
am Christbaammarkt bestimmt koan Baum.
Ich spar 30 Euro, bin net blöd,
wenn doch die Sach aa anders geht."
so raunzt da Papa. D' Mama schaut,
hat sich dagegn net redn traut.

„Des Jahr, da hol ich unsern Baam
draußn im Woid, des derfst ma glaam.
Haufnweis stehn die da rum,
wartn bloß drauf, dass i kumm.
I suach mir da den schönsten aus,
der kost uns nix, der kimmt ins Haus!"

Jetzt hebt die Mama ihre Pfotn:
„Du, 's Christbaamstehln is doch verbotn!"
„Staat bist", wettert er, „zefix!
Vom Christbaumbsorgn verstehst du nix!"

Heilig Abnd war nimmer weit,
draußn hats zwar gstürmt und gschneit,
doch sowas schreckt den Papa ned:
„A Baam muass her", so is sei Red.

D' Mama moant: „Mei liaba Mo,
schaug dir doch des Sauwetter o.
Bei so am Wetter wie da drauß
jagt ma net moi an Hund vor's Haus!
Da geht ma doch aa net in Woid,
bist schaugst, hast an Katarrh dir ghoit,
na rotzt an Weihnachtn, hast Fiaba.
Geh weida, Mo, bleib da doch liaba."

„Na“, sagt der Papa, „lass mi geh.
Des macht mir nix, des bissal Schnee.
Grad bei dem Wetter muass i naus,
da is im Woid koa Förster drauß.“

Auf d’ Nacht, so gegen neune rum
da treibts an Papa aus da Stubn.
Er holt die Axt, dazua a Säg
und scho macht er sich aufn Weg.

Es war stockdunkel drauß im Woid,
gschneibt hats sauwuid und es war koid,
G’fluchat hat da Papa: „Scheiß, zefix!“
Doch wirklich ausgmacht hat’s eam nix.

Stur is er ganga. Nach zwoa Stundn,
da hat er dann sein Christbaam g’fundn.
Jeds Astal dran war ein Gedicht!
Ein schöners Baamal findst du nicht.

„Sei ma net bös!“, so tröst der Papa
die kloane Tann, tuat d’ Axt sich schnappa,
bis d’schaugst, haut er des Baamal um,
saaglt dann noch a weng dran rum.
Und schon is d’ Tann am Bodn gleng.
Dreiß’g Euro gspart, des lasst sie sehng.

A kloana Sünd, so ein Sprichwort,
die straft der liebe Gott sofort!
Und aa der Papa – horchts, was kimmt! –
erfahrt, dass dieses Sprichwort stimmt!

Die Lichtung, die ist nämlich b’setzt,
a Rudl Wuidsäu kemman jetzt
angrennt und a Eber, riesig groß,
geht grunzend aufn Papa los!
Er is, des g’spürt ma, ziemlich sauer,
drum klappert er mit seiner Hauer.

Der Papa siehgst ’s und rennt davo,
so schnell wia er nur irgend ko
in seiner Angst und in seim Schreck
noch schneller wia da Zatopek.

Er kraxelt auf an Baam scho nauf,
die Wuidsai unt schaung zu eam rauf,
Der Papa schwitzt und er woaß gwiss
net, wia er da hochkemma is.

Dann hockt er drobn die ganze Nacht
der Eber drunt hot ’n bewacht
und lasst ’n net von seinem Ast.
Er friert und waar erfroren fast.

Eiskoit da Arsch, im Knia Arthrosn,
Eiszapfa hängan von da Nosn,
die Finger gstarrig, d’ Fiaß dafrorn
Bald g’spürt er nimmer seine Ohrn.

Der Eber unten, guat verschanzt,
hat uman Baum an Mambo tanzt.
Erst in der Fruah war er zmoi fort,
dafür war jetzt der Förster dort.

Wia der hoch drobn an Papa siehgt,
an Christbaam, der am Bodn liegt,
fragt er: „G’hört dir des Baamal, Mo!
Des kimmt dir teier, jetz kimm ro!“

Da Papa folgt, is ganz verstört:
„Hätt ich doch bloß auf d’ Mama g’hört.
Die hat mich g’warnt, Bluatsauarei!
Kreizweis am Arsch leckst mi doch glei!“

Am Heilig Abend, alle feiern,
und nur den Papa sieht man reihern,
er hustet, rotzt, fühlt sich halb tot,
siehgt er den Christbaum, siehgt er rot.

Mitleidend schaut ihn d' Mama an:
„Warum, Mo, hast du das getan?
Ich hab dich g'warnt, jetzt hast du 's Gfrett!“
Der Papa schleicht zerknirscht ins Bett.

Er schläft unruhig und in der Nacht,
ist er dann patschnass aufgewacht.
„Scheiß-Christbaum“, schreit er plötzlich auf
und klettert auf den Schrank hinauf.

Im Traum noch flieht er vor den Säuen,
kann sich an Weihnachten nicht freuen.
„Nächst's Jahr“, lallt er – noch halb im Traum –
gibt's statt an Christ- an Gummibaum!

Ich schwör's“, verspricht er seiner Frau,
„dass ich nie mehr an Christbaum klau!“

Zum Schwur erklingen Mettenglocken
und leise fallen weiße Flocken
hernieder auf den Winterwald
der Wildschweinrotte Aufenthalt.

Es geschah kurz vor Heiligabend!

Ein älterer Mann aus Rosenheim ruft am 22. Dezember seinen erwachsenen Sohn an, der in New York lebt, und sagt zu ihm am Telefon:

„Du, Hubert, horch mal zua. Es tuat mir leid, dass ich dir agratt kurz vor Weihnachtn was Traurigs mitteiln muass. Dei Muatta und ich, mia wolln uns scheidn lassen. 45 Jahr san mir jetzt verheirat, 45 Jahr Elend, des glangt. Es geht einfach nicht so weiter."

„Papa, was redst du denn da für a bläds Zeig daher", schreit der Sohn entsetzt in den Hörer.

„Ja, mei, mir halten's halt miteinander nimmer aus, des muasst du doch verstehn", sagt der alte Mann. „Mia genga uns auf d' Nervn und es macht mich schon krank, wenn ich nur drüber redn muass. Deshalb bitt ich dich, ruaf du deine Schwester in Chicago an und sag du ihr, was los is." Nach diesen Worten hängt der alte Rosenheimer auf.

Völlig aufgelöst ruft der Bua gleich seine Schwester in Chicago an, wo sie lebt. Die fallt aus alle Wolkn, wia sie die Nachricht hört und schreit ins Telefon: „Ja, God in heaven, was fallt dene denn nicht ein? Scheiden wolln die sich lassen! Wart, ich regle das!" Und sofort ruft sie den Papa in Rosenheim an.

„Jaaa sag amal, Papa, seids ihr zwoa denn von allen gutn Geistern verlassen! Ihr lasst euch NICHT scheiden, hörst du? Ihr tuats nix, bis ich da bin. – Ich ruaf jetzt gleich mein Bruada zurück und mia zwoa hocken uns ins Flugzeug und werden morgn bei euch eintreffen. Und bis dahin unternehmts ihr nix, hast du mich verstanden?"

Der alte Rosenheimer legt den Hörer auf, dreht sich dann zu seiner Frau um und sagt: „Siehst, Alte, jetzt hammas g'schafft. Jetz kommen die zwoa an Weihnachten doch zu uns und ihrn Flug, den zahlns' auch noch selber. Ist des nicht a Freud!"

Lametta-Ballade

Das allerschönste Fest im Jahr
ist Weihnachten, des ist doch klar!
Geht's vorher auch recht hektisch zua,
von früh bis spät gibt's da koa Ruah!
Bis da ois schön verpacklt ist
und dass ma ja aa nix vergisst.

Es ist jetzt her schon a paar Jahr,
als wieder Heiligabend war;
a Sonntag is dazua noch g'wesn
Ich bin grad bei de Kinder g'sessn
Da kommt mei Frau, sagt: „Na, was is?
An Christbaum schmückn! Mach koa Gschieß!"

A Widerred hat noch nia g'nützt,
und kurz darauf hab ich scho g'schwitzt:
an Baum z'recht gstutzt, so guat wias geht,
festgschraubt im Ständer, bis er steht.
Mit Kugln g'schmückt, mit Kerzn, Stern,
und 's Kripperl aufg'stellt – i tuas gern.
Zum Schluss 's Lametta – ja zefix!
Wo steckt's Lametta? Ich find nix.

Ich frag mei Frau, der werd ganz hoaß.
„La-ma-metta?", stottert s', „ja, ich woaß,
's letzts Jahr, da wars so arg verschlissn,
und deshalb hab ich's weggagschmissn.
Und bei dem Stress und all der Plag,
und weil's so zuageht alle Tag,
hab ich vergessn, Neu's zum b'sorgn.
Ich werd uns oans beim Nachbarn borgn!"

Die Nachbarn – links, rechts, drunter, drüber –
habn leider koa Lametta über!
Da hama bläd g'schaut. Ich sag nur:
„Und d' Läden san jetzt aa scho zua!“.

Ich ruaf die Kinder, sag: „Horchts moi!
Da Christbaum is desmoi so voi,
dass nix mehr auf ean aufi geht,
Drum brauch ma koa Lametta ned.“

Scho fangan Kinder 's woana o.
„Lametta“, plärrns, „wünsch ma uns so.
A Christbaum ohne, des is nix!
Lametta, Papa!“ – „Ja, zefix“,
ruaf i, „wos schreits denn alle so?“
Da fangans noch mehr 's woana o.

„Hörts auf“, schimpf i, „mit dem Gezeta!!!
Ihr kriagts an Baum – mit vui Lametta!“
Kaum hab i 's g'sagt, is mir scho klar,
das des jetzt grad a Schwindel war.
Woher soll ich die Silberstreifen
hernehma, ich konn's nicht begreifen?

Ich geh zum Kühlschrank, brauch ein Bier,
mach langsam auf die Kühlschranktür,
und schau hinein, da wird mir besser,
ich lese: „Hengstenberg MILDESSA“.
Da steht a Sauerkrautkonserve!
Ich kombinier mit Messers Schärfe:
Hier liegt die Lösung eingebettet,
das Weihnachtsfest, es ist gerettet!!!

Schnell ist der Deckel aufgedreht,
das Kraut gepresst, so guat wias geht –
zum Trocknen – einzeln aufgehängt –
und dann geföhnt, doch nicht versengt!!
Die trocknen Streifen, sehr geblichen
mit Silberbronze angestrichen –
Auf beiden Seiten Silberkleid!
O freue dich, du Christenheit!

Der Christbaum war einmalig schön,
so war er noch niemals zu sehen!
Zwar roch's süßsauer zur Bescherung,
geruchlich gab's ne Überquerung,
denn mit Benzin hab d' Händ i gwaschn,
d' Wänd putzt mit Nitro aus der Flaschn,
die Räuscherkerzn ham nix bracht –
der Duft hat uns ganz deppert g'macht!
In Werkstätten, wo Autos stehn,
ähnliche Düfte dich umwehn.
Doch jeder nimmt a Nasn voll.
Trotz allem, Weihnachten war toll!

A Wocha drauf! – Ich sitz gemütlich
im Sessel, lies die Zeitung friedlich,
an Bauch voll Feiertage-Rester –
's war wieder Sonntag – und Sylvester.
Da sagt mei Frau: „Du woaßt Bescheid?!
Es kommen heut zur Abendzeit
Schulzes, Lehmanns und da Meier
zu unserer Sylvesterfeier.
Heut leben mir als wia die Fürsten,
's gibt Sauerkraut mit leckren Würsten!!"

Ein Schrei ertönt! Entsetzt sie schaut.
Am Christbaum hängt das Sauerkraut!!
Vergessen, Neues zu besorgen!
„Ich werd uns oans beim Nachbarn borgn!"

Die Nachbarn – links, rechts, drunter, drüber –
habn Sauerkraut leider koans über!
Da hama bläd gschaut. Ich sag nur:
„Die Läden san ja aa scho zua!"
Und so bin wieder ICH der Retter
nimm ab vom Christbaum das Lametta.
Mit Terpentinöl und Bedacht
hab ich das Silber abgemacht.
Das Kraut dann gründlich durchgewässert,
mit reichlich Essig noch verbessert,
dazu noch Nelken, Pfeffer, Salz
und Curry, Ingwer, Gänseschmalz!

Dann, als das Ganze sich erhitzte –
das Kraut, es funkelte und blitzte –
zum Himmel konnte ich nur flehen:
„Lass diesen Kelch vorübergehen!"
Der Kelch tat's nicht, das Kraut es schmeckte
recht eigenartig, doch verreckte
kein Gast. Dann gab es Schnaps und Sekt,
das hat den Nachgeschmack verdeckt.

Kaum war das Kraut dann abserviert,
ist auch noch Folgendes passiert:
Als Ulla Schulze niesen musste
und kräftig durch die Nase pusste,
da flirrten tausend Silbersterne ...
„Machs noch einmal, wir sehn's so gerne",
so riefen alle hocherfreut –
die Ulla tat's, mir tat sie leid!

Franziska Lehmann sprach zu Franz:
„Dein Goldzahn hat heut Silberglanz!"
Und Egon Meier musste mal.
Er rief: „Öha! Ein Silberstrahl?!"
so rutschten wir ins Neue Jahr
versilbert. Es war wunderbar.

Als Ulla ging, sprach sie zu mir:
„Mein Lieber, es war schön bei dir,
doch wär die Wohnung noch viel netter
hinge am Weihnachtsbaum Lametta!!!"
Ich konnte da nur schmerzlich lächeln,
mir etwas frische Luft zufächeln.
Ich sprach und half ihr in das Jäckchen:
„Nächst's Jahr, da kauf ich 100 Päckchen!!
Lametta geht in diesem Haus,
– ich schwör's bei Gott! – nie wieder aus!"

Drum, Leit, i rat euch: Kaufts Lametta,
weil Weihnachtn wird dann vui netta!

Wie der Engel auf die Christbaumspitze kam

Es war einmal vor langer Zeit, kurz vor Weihnachten, als der Nikolaus sich auf den Weg zu seiner alljährlichen Reise hinunter auf die Welt machen wollte, aber irgendwie war in diesem Jahr der Wurm drin. Vier seiner Engelein feierten krank, die Aushilfs-Engelein kamen mit der Spielzeug-Produktion nicht nach, die Kinder wollten dieses Jahr nämlich alle nur noch Computerspiele oder Smartphones und kein so albernes Holzspielzeug.

Der Nikolaus begann immer mehr den weihnachtlichen Stress zu spüren. Und da erschreckte ihn auch noch seine Frau mit der Nachricht, dass sich die Mutter zu einem Besuch angekündigt habe. Die Schwiegermutter hat dem armen Nikolaus grad noch gefehlt!

Als er nach draußen ging, um die Rentiere aufzuzäumen, bemerkte er, dass drei von ihnen trächtig waren und zwei weitere sich – vermutlich deswegen – aus dem Staub gemacht hatten, der Himmel weiß wohin! Wer sollte jetzt den Schlitten ziehen?

Nikolaus mochte gar nicht daran denken und er begann wie in Trance den Schlitten zu beladen. Als er fast alle Säcke aufgetürmt hatte, rutschte von hoch oben der allergrößte Spielzeugsack herunter und krachte zu Boden, sodass das meiste Spielzeug zerdeppert wurde. „Zefix“, fluchte der Nikolaus und stiefelte frustriert ins Haus, um sich eine Tasse heißen Tee mit einem Schuss Rum zu genehmigen, aber er musste feststellen, dass die Engelein ihm den ganzen Schnaps weggesoffen hatten. Vermutlich waren sie deshalb krank. In seiner Wut donnerte er die Tasse auf den Küchenboden, wo sie in tausend Stücke zersprang. Klar, dass es nun auch noch Ärger mit seiner Frau gab. Als Nikolaus dann auch noch feststellen musste, dass Mäuse seinen Weihnachtsstollen angeknabbert hatten, lief er puterrot an und war kurz davor, vor Wut zu zerplatzen.

Da klingelte es an der Tür.

Nikolaus öffnete, und da stand ein putziges grinsendes Engelein mit einem riesigen Weihnachtsbaum. Das säuselte jubelnd und frohlockend, wie man es ihm beigebracht hatte: „Frohe Weihnachten, lieber guter Nikolaus! Ist heute nicht ein herrlicher Tag? Ich habe da einen schönen Tannenbaum für dich. Wo soll ich den jetzt hinstecken??"

Und so hat dann die Tradition von dem kleinen Engel auf der Christbaumspitze angefangen.

Ein Packerl aus Amerika

Gleich nach dem Krieg hat auch bei uns in Bayern eine große Not geherrscht. Damals ist man froh g'wesen, wenn man aus Amerika vor allem zur Weihnachtszeit ein sogenanntes Care-Paket erhalten hat. Auch meine Familie hat damals eines bekommen. Dabei ist Folgendes passiert.

Glei nachm Kriag, ja mei, da hot
in Deutschland g'herrscht a große Not.
G'wünscht hat sich von uns jeder da
a Packerl aus Amerika.

Auch zu uns kimmt im Fufzger Jahr
a so a Packerl aus Amerika.
Des hat uns g'schickt die Tante Rosen
und drinnad warn acht Weißblechdosen.

Da ham ma vielleicht g'reckt an Hals:
Oa Dosn voll mit Bisonschmalz,
oa Dosn mit a Erdnussbutter
und oane voll Studentenfutter.

Und siehg i 's richtig, meiner Seel,
a große Dosn Sojaöl,
a extra große Büchsn Reis,
kanadischer Honig, blütenweiß.

Und Bärenschinken in Dose sieben.
Auf jeder Dosn hat draufgschriebn
die Tante, was da drinnad war,
und mia ham's g'lesn, ist doch klar.

Bloß auf da Weißblechdosn acht,
koa Zettel war auf ihr draufgmacht.
Was könnt bloß in der Dosn sei?
Mia steckan unsre Nasn nei.

Es war koa Mehl, es war koa Grias,
es schmeckt net sauer und net siaß.
Wir habn uns an Kopf zerbrocha:
Was könnt man aus dem Pulver kocha?

Aa wenn mia uns noch so sehr fragn,
was drin is, des kann koana sagn.
Schluss jetzt mit all der Raterei,
scho kocht die Mama draus an Brei.

Schnell an Topf auf's Ofenfeuer.
Ins Pulver schlagt sie noch drei Eier.
Und auf 'n Rat von unsrer Oma
nimmt sie a bissal Zimt-Aroma.

Macht ois dann sämig noch mit Schmalz,
würzt's Ganze mit a Handvoll Salz,
schmeckt's dann fein ab noch mit am Zwiebi,
probiert's na –'s schmeckt fei gar net übi.

Dann tragt sie 's auf wia a Gourmet
serviert's dann aa no mit Flambee.
Am jeden schmeckt des wunderbar.
Laar is der Topf, was drin auch war.

Mia ham na g'schaugt, wia oan Tog später
– was solln des, so denkt a jeder –
a Briaf kimmt von der Rose-Tant,
a jeder nimmt'n glei in d' Hand.

Zum Packerl, schreibt's, hätt der Briaf g'hört,
der uns was Wichtigs noch erklärt.
Da Onkl Hans, der krank scho war,
is leider g'storbn vor oam Jahr.

Und oans, des war sein letzter Wille:
Er wollte ruhn in aller Stille,
damit der Kreis geschlossen werde.
bei euch in seiner Heimat Erde.

Weshalb in Weißblechdose acht,
die euch mein Packerl hat gebracht
– ich hoffe, ihr seids jetzt im Bild –
am Hans sei' Aschn ich hab g'füllt.

Weihnachtliche Bestandsaufnahme

Das realsatirische Landesamt
für Brauchtumspflege meldet besorgt,
dass derzeit auf zehn Weihnachtsmänner
bereits vier Bescherdienstverweigerer kommen.
Das Christkind ist neuerdings
vom Umtausch immer ausgeschlossen.
Vom Weihnachtsfieber, heißt es,
werden nur mehr halb so viele befallen wie früher.
Es muss kein Christstollen mehr
von Ost nach West gegraben werden.
Die Flucht gelingt oberirdisch,
wenngleich nicht nach Ägypten.

Dem Weihnachtsmann, sagt man,
soll auch dieses Jahr
an manchen Grenzübergängen
die Einreise verweigert werden.
Immer weniger schenken die Leute einander Zeit, die,
obwohl sie kostenlos ist, so manchem
ganz schön teuer zu stehen kommt.

Verrückte Weihnachtsgeschenke

Ach, was für fantasielose Geschenke liegen nicht alle Jahre wieder unterm Christbaum! Ein Buch, eine Krawatte, ein kleines Schmuckstück – und das Jahr für Jahr. Nein! Der Trend der Zeit ist längst das ungewöhnliche Weihnachtsgeschenk, das den Beschenkten wirklich überrascht, wie beispielsweise Cocktailkrücken für Stehparties, ein Teleskop-Tennisschläger mit ausfahrbarem Schlagnetz, eine Kopfkissenhaube für Büroschläfer, ein Buchtoaster für heiße Lektüre oder ein 16-karätiger Goldhamster.

Ein Versandgeschäft für besondere Weihnachtsgeschenke bot seinen Kunden unter anderem auch folgende ungewöhnliche Gaben an nach dem Motto: „Für Menschen, die schon alles haben!"

Die singende Eier-Uhr „Golden-Ei" für 24,95 Euro
Diese thermische Eier-Uhr wird als „24-Karat vergoldete Physik"angeboten.
Sieht aus wie ein Ei,
fühlt wie ein Ei,
kocht wie ein Ei
und singt, wenn die Eier fertig sind!
Das Golden-Ei misst nicht einfach nur die Zeit, sondern auch die Wassertemperatur und berechnet über eine Differentialgleichung die Innentemperatur im Ei. Erreicht die Temperatur im Eigelb den Gerinnungspunkt von 62 °C, so wird eine Melodie gestartet. Daher können Sie mit Golden-Ei die Eier genauer kochen und den Kochvorgang auch mit kaltem Wasser oder im Hochgebirge starten.
Bei „Golden-Ei" handelt es sich um die erste thermische Eieruhr zum Mitkochen. Haltbarkeit zwischen 24 und 36 Monaten.

Gebrauchsanweisung:
Man lege Golden-Ei und die Eier in einen Topf mit kaltem oder warmem Wasser. Dann den Kochvorgang starten.

Der erste Piep kommt bei ca. 45 °C Wassertemperatur und bedeutet „Golden-Ei funktioniert". Wenn das Wasser kocht, hört man den zweiten Piep. Die Energiezufuhr kann jetzt reduziert werden.
Darauf wird es musikalisch – je nach Geschmack:
Zur Auswahl stehen drei Melodien:
1. Melodie „Killing me softly". Diese Melodie bedeutet: das Ei ist wachsweich!
2. Melodie „Ich wollt ich wär ein Huhn": Wer das hört, weiß, das Ei ist medium!
3. Melodie „Carmina Burana": Jetzt ist das Ei hart gekocht!
Danach Golden-Ei einfach mit den echten Eiern zusammen abschrecken. Die Melodie hört nach etwa 30 Sek. zu spielen auf.

Oder wie wärs mit folgendem Geschenk?

Die verrückte Würgeente
Der totale Spaß! Eine glückliche Ente, die mit den Flügeln wackelt und zum Enten-Lied tanzt. Wenn man die Würgeente dann am Hals packt, schnattert sie aufgeregt, schnappt nach Luft und flattert wild mit den Flügeln. Ideal zum Stressabbau und zur Auflockerung im Büro.
Kann man gar nicht oft genug sehen!

Auch Gefängnisinsassen kümmern sich neuerdings um Weihnachtsgeschenke. So gibt es beispielsweise

Präsente aus Santa Fu
Wer kennt sie nicht, die wohl berühmteste Justizvollzugsanstalt Fuhlsbüttel, *Santa Fu* genannt. Heute liegt sie nicht mehr in Hamburg-Fulsbüttel, sondern in Hamburg-Ohlsdorf, heißt aber immer noch *Santa Fu* und ist eine reine Männeranstalt.
Hinter den Mauern von Santa Fu sitzen kreative Gefangene. Sie entwickeln, bedrucken, verpacken, und veredeln Produkte, die das Zeug zum Kult haben. Hier finden sich auch Original-Produkte aus dem Häftlingsalltag, wie das Hand-

tuch STRAFVOLLZUG oder T-Shirts mit dem Aufdruck „Freigänger“ oder „Auf Bewährung“, die unbescholtenen Bürgern ein erregendes Kribbeln in den Fingern bescheren. Besonders toll aber ist das dort entwickelte

Kochbuch HUHN IN HANDSCHELLEN
Es ist erstaunlich, mit welcher Leidenschaft und Fantasie in Santa Fu gekocht wird. Menschen aus aller Welt sind hier versammelt, tauschen Rezepte aus, entwickeln neue, improvisieren mit den Zutaten, die sie gerade haben und veranstalten an Wochenenden mit einfachsten Mitteln regelrechte Kochpartys. Auch die Illustrationen in dem Kochbuch stammen von einem Häftling. Das Kochbuch „Huhn in Handschellen“ ist nicht nur für jeden Kochbuch-Fan ein Muss!

Oder wie wärs mit dem

Ausbrecherspiel ALAARM
ALAARM! – das wilde Ausbrecherspiel, von Gefangenen selbst entwickelt und in den Zellen gespielt. Ausgesprochen schnell und höchst unterhaltsam! Man versteckt sich in Gullys, rutscht durch Entlüftungsrohre und hofft den Fluchtwagen noch zu erreichen. Doch wenn zwei Sechsen fallen, gibt es ALAARM! Dann müssen alle zurück in die Zellen. Ein tolles Familienspiel besonders jetzt für die gemütlichen dunklen Abende vor Weihnachten.
Ab 8 Jahren für 2–5 Spieler

Und wenn sie glauben, diese Präsente seien alle nur erfunden, dann schauen sie doch mal im Internet nach. Sie werden staunen, was dort alles zu finden ist.

Stille Nacht …

Heiligabend

Heiligabend schleicht sich ein sparsamer Schwabe in den Garten, schießt seine Pistole ab und kommt mit betrübter Miene zurück in die Wohnung. „Tuat mir leid, Kindr", meint er, „abr ich muass eich die traurige Mitteilung macha: dr Weihnachtsma hat sich soeba darschossa."

***

Der kleine Heinz findet am Heiligen Abend ein Päckchen von seiner Tante unterm Christbaum. Er packt es aus und hat ein Buch in Händen. Erstaunt fragt er seine Mutter: „Was ist denn das?" – „Aber Heinzi, das ist doch ein Buch", erklärt sie ihm, „daraus werden immer die Filme fürs Fernsehen gemacht."

***

„Mama, der Computer, den mir das Christkind gebracht hat, der ist ja schon total veraltet", murrt der kleine Fred. „Na, kein Wunder", meint die Mutter, „wenn du deinen Wunschzettel auch schon im Sommer schreibst."

***

Ein Untersuchung hat ergeben, dass zwei Drittel aller Lügen innerhalb der Familie passieren und dies vor allem an Weihnachten. Die häufigsten Lügen lauten:

„Hmmm, das ist aber lecker!"
„Ich dich auch!" und
„Ui toll, genau das hab ich mir schon immer gewünscht."

Die Gastgeberin trägt an Heiligabend einige Weihnachtslieder vor. „Schad", flüstert einer der Gäste, „dass sie nicht im Fernsehen auftritt." – „Wieso", fragt sein Nachbar, „finden Sie sie so gut?" – „Das nicht", entgegnet der andere, „aber dann könnte man sie abstellen."

***

Man kann Weihnachten abnehmen, ohne zu hungern. Zum Beispiel jedes Mal, wenn ein altes Tischtelefon läutet. (Alter Kalauer von 1897).

***

„Du, Papa", fragt da kleine Karli, „stimmt das eigentlich, dass ich mir selber eine Freud mach, wenn ich einem andern was schenk?"- „Ja freilich", bestätigt der Vater. Drauf der Karli: „Darf ich dir jetzt a Freud machn?" – „Gern, Bua", nickt der Papa überrascht. – „Dann", meint der Karli, „dann schenk mir doch einfach zwanz'g Euro."

Schock bei Christi Geburt

Am 24. Dezember
im Stall zu Betlehem:
Maria lag auf Heu und Stroh,
es war nicht sehr bequem.

Da kam zur Welt das Gotteskind,
der Josef stand dabei.
Als er es in den Armen hielt,
entfuhr dem Mann ein Schrei.

„Was ist denn?“, rief Maria.
Schon schallt s ihr in den Ohren:
„Du hast“, rief Josef, „oh, mein Gott,
ein Mädchen grad geboren!“

Mahlzeit!

Das Weihnachtsmahl
enthält zweierlei Gnaden,
es in sich zu schlingen
und sich seiner entladen.
Das erste gedrängt,
das zweite erfrischt
so wunderbar
ist das Fest gemischt.
Drum danke der Köchin,
wenn sie dich presst,
doch danke ihr auch,
wenn sie dich entlässt.

Und es war ein Hirte auf dem Feld …

Schon vor 2000 Jahren waren bei der Geburt Christi Schafhirten auf dem Feld, die in der Heiligen Nacht Wundersames erlebten. Aber auch heute erleben Schafhirten noch so manches Eigenartige, wie folgende Geschichte zeigt.

Da hütete auf einem Feld bei Freiham im Münchner Westend ein Schafhirte seine Schafe. Plötzlich sah er in der Ferne eine große Staubwolke, die rasend schnell näher kam. Und schon quietschten die Bremsen. Es war ein nagelneuer grauer Audi TT, der vor ihm auf der Straße hielt. Der Fahrer des TT, ein junger Mann in Brioni-Anzug, Cerutti-Schuhen, Ray-Ban-Sonnenbrille und einer Lagerfeld-Krawatte stieg aus und kam auf ihn zu.

Dann sprach ihn der Mann an: „Hören Sie, wenn ich errate, wie viele Schafe Sie haben, bekomme ich dann eins?" Der Schäfer schaute den jungen Mann an, dann seine friedlich grasenden Schafe und antwortete ruhig: „Naa ja, meinetwegen!"

Da ging der junge Mann zu seinem Audi-TT, verband sein Notebook mit dem Handy, ging dann im Internet auf eine NASA-Seite, scannte die Gegend mit Hilfe seines GPS-(Tschi-pi-es) Satellitennavigationssystems, öffnete eine Datenbank und 60 Excel-Tabellen mit einer Unmenge Formeln. Schließlich druckte er auf seinem Hi-Tech-Minidrucker einen 150-seitigen Bericht aus. Dann wandte er sich zu dem Schäfer und sagte:

„Sie haben hier exakt 235 Schafe, davon sind 30 Böcke und 42 Lämmer."

Der Schäfer nickte. „Das ist richtig! Suchen Sie sich ein Schaf aus."

Der junge Mann nahm ein Schaf und lud es in den Audi-TT ein. Der Schäfer schaute ihm zu.

Als sich der junge Mann verabschieden wollte, sagte der Schafhirte: „Was ist? Wenn ich Ihren Beruf errate, geben Sie mir das Schaf dann zurück?"

„Na klar, warum nicht", antwortete der junge Mann grinsend.

„Sie sind Unternehmensberater", sagte der Schäfer.

„Das ist richtig", staunte der junge Mann. „Aber woher wissen Sie das?"

„Ganz einfach", sagte der Schäfer. „Erstens kommen Sie hierher, obwohl Sie niemand gerufen hat. Zweitens wollen Sie ein Schaf als Bezahlung dafür haben, dass Sie mir etwas sagen, was ich ohnehin schon weiß, und drittens haben Sie keine Ahnung von dem, was ich mache. Und jetzt gebn Sie mir bittschön meinen Hund zurück."

Was ist Weihnachten?

Weihnachten ist der Versuch, einmal im Jahr für ein paar Tage den Himmel auf die Erde zu holen. Aber nach dem Philosophen Karl Popper „produziert dieser Versuch stets die Hölle". Und die „Hölle sind", nach Jean Paul Sartre, „die anderen". Deshalb wünschen viele an Weihnachten die anderen zur Hölle, weil sie glauben, dann den Himmel auf Erden zu haben, also die Hölle ohne die anderen. Daraus folgt: Ein himmlisches Weihnachten kann eigentlich immer nur höllisch werden. Doch daran denken viele an Weihnachten nur deshalb nicht, weil Weihnachten ja das Fest der Liebe ist, und wer liebt, denkt bekanntlich nicht. Insofern ist Liebe die wunderbare Gabe, die Menschen so zu sehen, wie sie nicht sind. Und so glauben viele an Weihnachten, die anderen sind alle lieb, obwohl sie in Wahrheit eigentlich die Hölle sind. Aber das verdrängen sie und sind zufrieden, ohne zu bedenken, dass Zufriedenheit nur die schwachsinnige Schwester der Dummheit ist, denn zufriedene Menschen wünschen keine Veränderung und damit keinen Fortschritt, wie man den Austausch einer Plage durch eine andere bezeichnet. Den verdankt die Menschheit allein den Nörglern, also den Unzufriedenen, die nicht glauben, dass es jemals einen Himmel auf Erden geben wird.

Hilfloser Säugling im Stall gefunden

Was, wenn Weihnachten nicht vor mehr als 2000 Jahren stattgefunden hätte, sondern sich heute ereignen würde? Dann stünde vielleicht folgende Schlagzeile in der Tagespresse:

Hilfloser Säugling in Stall gefunden
Polizei und Jugendamt ermitteln;
Schreiner aus Nazareth und unmündige Mutter vorläufig festgenommen.

BETHLEHEM, JUDÄA

In den frühen Morgenstunden wurden die Behörden von einem besorgten Bürger alarmiert. Er hatte eine junge Familie entdeckt, die in einem Stall haust. Bei Ankunft fanden die Beamten des Sozialdienstes, die durch Polizeibeamte unterstützt wurden, einen Säugling, der von seiner erst 14-jährigen Mutter, einer gewissen Maria H. aus Nazareth, in Stoffstreifen gewickelt in eine Futterkrippe gelegt worden war.

Bei der Festnahme von Mutter und Kind versuchte ein Mann, der später als Joseph H., ebenfalls aus Nazareth identifiziert wurde, die Sozialarbeiter abzuhalten. Joseph, unterstützt von anwesenden Hirten, sowie drei unidentifizierten Ausländern, wollte die Mitnahme des Kindes unterbinden, wurde aber von der Polizei daran gehindert.

Festgenommen wurden auch die drei Ausländer, die sich als „weise Männer" eines östlichen Landes bezeichneten. Sowohl das Innenministerium als auch der Zoll sind auf der Suche nach Hinweisen über die Herkunft dieser drei Männer, die sich anscheinend illegal im Land aufhalten. Ein Sprecher der Polizei teilte mit, dass sie keinerlei Identifikation bei sich trugen, aber in Besitz von Gold, sowie einigen möglicherweise verbotenen Substanzen waren. Sie widersetzten sich der Festnahme und behaupteten, Gott habe ihnen angetragen, sofort nach Hause zu gehen und jeden Kontakt mit offiziellen Stellen zu vermeiden. Die mitgeführten Chemikalien wurden zur weiteren Untersuchung in das Kriminallabor geschickt.

Der Aufenthaltsort des Säuglings wird bis auf Weiteres nicht bekannt gegeben. Eine schnelle Klärung des ganzen Falls scheint sehr zweifelhaft. Auf Rückfragen teilte eine Mitarbeiterin des Sozialamts mit: „Der Vater ist mittleren Alters und die Mutter ist definitiv noch nicht volljährig. Wir prüfen gerade mit den Behörden in Nazareth, in welcher Beziehung die beiden zueinander stehen."

Maria ist im Kreiskrankenhaus in Bethlehem zu medizinischen und psychiatrischen Untersuchungen. Sie kann mit einer Anklage wegen Fahrlässigkeit rechnen. Ihr geistiger Zustand wird deshalb näher unter die Lupe genommen, weil sie behauptet, sie wäre noch Jungfrau und der Säugling stamme von Gott.

In einer offiziellen Mitteilung des Leiters der Psychiatrie steht: „Mir steht nicht zu, den Leuten zu sagen, was sie glauben sollen, aber wenn dieser Glaube dazu führt, dass – wie in diesem Fall – ein Neugeborenes gefährdet wird, muss man diese Leute als gefährlich einstufen. Die Tatsache, dass Drogen, die vermutlich von den anwesenden Ausländern verteilt wurden, vor Ort waren, trägt nicht dazu bei, Vertrauen zu erwecken. Ich bin mir jedoch sicher, dass alle Beteiligten mit der nötigen Behandlung in ein paar Jahren wieder normale Mitglieder unserer Gesellschaft werden können."

Zu guter Letzt erreicht uns noch diese Info. Die anwesenden Hirten behaupteten steif und fest, dass ein großer Mann in einem weißen Nachthemd mit Flügeln (!) auf dem Rücken ihnen befohlen habe, den Stall aufzusuchen und das Neugeborene zu seinem Geburtstag hochleben zu lassen. Dazu meinte ein Sprecher der Drogenfahndung: „Das ist so ziemlich die dümmste Ausrede eines vollgekifften Junkies, die ich je gehört habe."

Die Weihnachtsgans

Mehr als Christbaum, Krippe oder Kerzenglanz
ist für uns Symbol an Weihnachten: die Gans.
Sehen wir den Stall nicht vor uns steh'n,
wenn wir sie gemästet vor uns sehn?

Mahnt nicht ihre hilflose Gestalt,
in der Zeit des Friedens zu verzichten auf Gewalt?
Was ist stiller in der stillen Zeit als dieses Tier,
ruht es, frisch geschlachtet, in der Metzgerei vor dir?

Liegt sie nackt und bloß dann in der Pfanne,
denken wir ans Kind, auch ohne Tanne.
Zieht der Bratenduft erst durch die Küche,
steigen in die Nase himmlische Gerüche.

Und das Brutzeln, das verzückt wir hören,
klingt wie Lobgesang von Engelschören.
Glänzt das Fett auf ihrer braunen Haut,
haben wir mehr als den Glanz des Sterns geschaut.

Drückt sie nach dem Essen schwer im Magen,
drängt es uns, nach Geistigem zu fragen.
„Rohe Weinacht!", rülpst es über unsre Lippen,
wenn wir ohne Pause zwei, drei Klare kippen.

Wenn zuletzt in Knochen sie zerfällt,
denken wir kurz an den Hunger in der Welt.
Wie gesagt, die Gans ist aller Orten
längst Symbol für Weihnachten geworden.

Man versteht's, dass manche sich beschweren,
dass noch viel zu wenige die Gans verehren
und mit Liedern und mit festlichen Gedichten
die verdiente Anerkennung ihr verrichten.

Wie wär es mit diesem zarten Lied,
das fortan durch unsre Lande zieht:
„Weihnachtsgans, du fröhliche, in dieser Zeit,
dich allein umjauchzt die ganze Christenheit!“

Damit es mit dem Danken klappt

Probleme bereitet vielen Menschen das Sichbedanken für Geschenke. Was soll man sagen, wenn man von seinem Lebenspartner, der Oma, dem Opa, von der Cousine, vom Onkel, der Tante oder von den Kindern Geschenke bekommt? Immer nur einfallslos: „Danke! Das ist wunderschön!“ Damit das Bedanken auch wirklich klappt, hier 10 einfallsreiche Dankeschön-Variationen zum Auswendiglernen:
Wow, ich bin ganz hin und weg! Ich muss gleich weinen!
Ich bin so gerührt, dass ich nicht weiß, was ich sagen soll.
Du bist ja irre! Was das nur gekostet hat? In meinen kühnsten Träumen hätte ich das niemals erwartet!
Du bist der Größte! So eine Überraschung gibt's kein zweites Mal!
Wahnsinn! Das werde ich mein Leben lang nie vergessen!
So etwas Persönliches hab ich noch nie bekommen! Unbeschreiblich! Davon werde ich das ganze Jahr zehren! Herrlich! Das wird mich immer an Dich erinnern! Gigantisch! Schöner geht es einfach nicht!

Folgende Dankesäußerungen aber bitte besser vermeiden:

Das würde meiner Oma gefallen! Du, ich schenk es an sie weiter!
Toll! Hast du das selbst auf dem Flohmarkt gefunden?
Das passt wirklich wunderbar vors Klofenster!
Super! Kann ich das auch wieder umtauschen?

Fantastisch! Was soll das eigentlich sein?
Also, ich mach mir gleich in die Hose! Ist das dein Ernst?
Mille Grazie! Magst du es nicht lieber selbst behalten?
Das kann ich nicht annehmen. Gib mir lieber etwas Geld!
Schön! Wie sagt man zu so was? Nippes oder besser Kitsch?
Mein Dank wird dir ewig nachschleichen, dich aber nie erreichen!

Die Heilige Familie

Vor Tizians Gemälde „Die Heilige Familie" steht ein Ehepaar und schaut. Dann brummt er plötzlich: „Du, das hab ich gern, kein Geld haben, im Stall hausen, das Kind verkommt ganz, sich aber von Tizian malen lassen."

***

„Warum fehlt denn der heilige Josef", will Sebastian wissen, als ihm die Oma ein Krippenbild zeigt, auf dem nur Maria mit dem Kind in der Krippe zu sehen ist?" „Wahrscheinlich", vermutet die Oma, „weil er d' Mama und 's Jesulein hat knipsen müssn."

***

„Warum feiern wir eigentlich Weihnachten?", fragt sich der alte Huberbauer. „Es kommt doch jeden Tag vor, dass ein Mann geboren wird, der sich später für Gott hält."

Der Engel-Rap

Ein alternativs Weihnachtslied

Den Engel-Rap hab ich zum ersten Mal bei einer Weihnachtsfeier in einer Schule gehört. Der Rap richtet sich an die menschlichen Schutzgeister, die Engel, die auch bei der Geburt Christi, wie man erzählt, zahlreich zugegen waren. Die Kinder haben den Rap mit viel Inbrunst vorgetragen und mir dann den Text geschenkt.

Einen Engel, einen Engel, Gott, den brauch ich jetzt,
einen Engel, einen Engel, der einmal so richtig fetzt.

Lieber Gott, ich muss schon sagen,
deine Welt hat viele Mängel,
darum, gib dir einen Ruck,
beam ihn runter, deinen Engel.
Sei nicht sauer, wenn ich power,
wenn ich quengel, wenn ich drängel –
alles geht mir auf den Keks.
Ist er nicht schon unterwegs?

Einen Engel, einen Engel, Gott, den brauch ich jetzt,
Einen Engel, einen Engel, der einmal so richtig fetzt.

Einen, der mich trägt und stützt,
bei Gefahren mich beschützt,
einen, der mir hilft in Not,
mir vom Hals hält auch den Tod,
einen, der mir deutlich macht:
Du bist bei mir Tag und Nacht,
der mir, hab ich was versiebt,
hilft und ganz viel Power gibt.

Einen Engel, einen Engel, Gott, den brauch ich jetzt,
Einen Engel, einen Engel, der einmal so richtig fetzt.

Schick den Michael, den Gabriel,
den Rafael, den Uriel,
ganz egal, welches Modell,
schick ihn jetzt, ich brauch ihn schnell!
Einen, der mir, wenn ich penne,
einen Tritt gibt, dass ich renne,
Einen, der mich, wenn ich fies bin,
dran erinnert, dass ich mies bin.

Einen Engel, einen Engel, Gott, den brauch ich jetzt,
Einen Engel, einen Engel, der einmal so richtig fetzt.

Einen, der so richtig barsch ist,
weil die Welt bald schon im Arsch ist,
einen, der mit aller Kraft,
dort, wo Krieg ist, Frieden schafft,
der Politiker, die lügen, packt,
dass sie aufs Maul eins kriegen,
der dem Bänker, der bescheißt,
seine Boni frech entreißt.

Einen Engel, einen Engel, Gott den brauch ich jetzt,
Einen Engel, einen Engel, der einmal so richtig fetzt.

Einen, der mich an der Hand fasst
und im Chaos auf mich aufpasst,
Einen, der mich dorthin schiebt,
wo man mich so richtig liebt.
Schickst du jedem so 'nen Engel,
lieber Gott, das wäre geil,
vielleicht würde unsre Welt dann,
das wär klasse, wieder heil.

Einen Engel, einen Engel, Gott den brauch ich jetzt,
Einen Engel, einen Engel, der einmal so richtig fetzt.

Da haben wir die Bescherung!

„Du magst mich nimmer“, schluchzt Heiligabend die Frau Maier“. – „Wie kommst du jetzt auf sowas“, will er wissen. Darauf sie: „Seit Wochen sag ich dir, du sollst mir nix zu Weihnachten schenkn – und jetzt hast mir tatsächlich nix g’schenkt.“

***

„Toll, so eine Thermosflasche“, freut sich Alex über das Weihnachtsgeschenk von Oma. „Im Winter hält sie den Tee warm und im Sommer die Limo kalt!“ – „Ja“, nickt die Oma, „und dass so eine Thermosflasche auch noch weiß, wann Sommer und Winter ist, ist das nicht toll?!“

***

Besondere Höhepunkte der Bescherung stellen immer die Gaben der Kinder an ihre Eltern dar. So lobte ein Vater seine Tochter: „Das sind aber hübsche Laubsägearbeiten, die du da aus Sperrholz gemacht hast.“ Schon musste er sich entrüstet anhören: „Erlaube mal, das sind selbst gebackene Spekulatius.“

***

„Ich hab zu Weihnachten ein paar Wasserski geschenkt bekommen“, sagt der Heini. „Jetzt such ich einen abschüssigen See, damit ich die Dinger auch mal ausprobieren kann.“

***

„Seit fünfzehn Jahren“, grantlt Frau Heindl ihren Mann an, „seit fünfzehn Jahren schenk ich dir zu Weihnachten jetzt schon eine gestreifte Krawattn – und auf einmal bist du nicht mehr zufrieden damit.“

Übrigens, eines sollte man sich hinter die Ohren schreiben: Geldgeschenke sind und bleiben völlig fantasielos, – aber nur wenn sie klein sind.

***

Am zweiten Weihnachtsfeiertag läutet der alte Kranzbichler beim Nachbarn an der Tür. „Meine Frau schickt mich zu ihnen. Ich hätt gern ein Bier." Der Nachbar versteht nicht: „Was wollen Sie, Herr Huber?" „Na ja", wiederholt der, „meine Frau schickt mich zu ihnen. Ich soll mich bei ihnen betanken."

Weihnachtsgans und Karpfen blau

„Ach bittschön, mach mich so richtig blau“, sagte der Karpfen an Heiligabend zur Köchin.

***

„Spatzl, wie weit bist du mit unserer Weihnachtsgans schon?“, ruft er am ersten Weihnachtsfeiertag in die Küche hinaus. „Mit dem Rupfen“, tönt es zurück, „bin ich grad fertig geworden, jetzt muss ich sie nur noch schlachten!“

***

Manche halten die Vorfreude auf Weihnachten für das Schönste. Aber alles auf der Welt ist relativ. Fragen Sie einmal Gänse und Truthähne nach ihrer Meinung über Weihnachten.

***

„Mir Mannsbuida haben z’ Weihnachten oft das Problem“, raunzt der alte Jacklbauer, „dass d’ Gans nicht aufm Teller liegt, sondern direkt neben uns hockt.“

***

„Gestern noch gesund und munter“, hat der Alois Hupfauer g’sagt, „und heut schmeckts scho wieder.“

Weihnachten im Schnee

Den folgenden erschütternden Tagebucheintrag vom Winter 2009 habe ich von einem Psychiater erhalten, der meinte, dass er allen Schnee-Liebhaber nicht vorenthalten werden dürfe.

8. Dezember 18:00
Es hat angefangen zu schneien. Der erste Schnee in diesem Jahr. Meine Frau und ich haben unsere Cocktails genommen und stundenlang am Fenster gesessen und zugesehen wie riesige, weiße Flocken vom Himmel herunterschweben. Es sah aus wie im Märchen. So romantisch – wir fühlten uns wie frisch verheiratet. Ich liebe Schnee.

9. Dezember
Als wir wach wurden, hatte eine riesige, wunderschöne Decke aus weißem Schnee jeden Zentimeter der Landschaft zugedeckt. Was für ein fantastischer Anblick! Kann es einen schöneren Platz auf der Welt geben? Hier ein Haus zu kaufen war die beste Idee, die ich je in meinem Leben hatte. Habe zum ersten Mal seit Jahren wieder Schnee geschaufelt und fühlte mich wieder wie ein kleiner Junge. Habe die Einfahrt und den Bürgersteig freigeschaufelt. Heute Nachmittag kam der Schneepflug vorbei und hat den Bürgersteig und die Einfahrt wieder zugeschoben, also holte ich die Schaufel wieder raus. Was für ein tolles Leben!

12. Dezember
Die Sonne hat unseren ganzen schönen Schnee geschmolzen. Was für eine Enttäuschung! Mein Nachbar sagt, dass ich mir keine Sorgen machen soll, wir werden ganz sicher eine weiße Weihnacht haben. Kein Schnee zu Weihnachten wäre schrecklich! Mein Nachbar schaut mich lange an. Dann sagt er, dass wir bis zum Jahresende so viel Schnee haben werden, dass ich nie wieder Schnee sehen will. Ich glaube nicht, dass das möglich ist. Mein Nachbar ist sehr nett – darüber bin ich froh.

14. Dezember
Schnee, wundervoller Schnee! 30 cm letzte Nacht. Die Temperatur ist auf minus 20 Grad gesunken. Die Kälte lässt alles glitzern. Der Wind nahm mir den Atem, aber ich habe mich beim Schaufeln aufgewärmt. Das ist das Leben! Der Schneepflug kam heute Nachmittag zurück und hat wieder alles zugeschoben. Mir war nicht klar, dass ich so viel würde schaufeln müssen, aber so komme ich wieder in Form. Ich wünschte mir, ich würde nicht so pusten und schnaufen müssen.

15. Dezember
60 cm Vorhersage. Habe meinen Kombi verscheuert und einen Jeep gekauft. Und Winterreifen für das Auto meiner Frau und zwei Extra-Schaufeln. Habe den Kühlschrank aufgefüllt. Meine Frau will einen Holzofen, falls der Strom ausfällt. Das ist lächerlich – schließlich sind wir nicht in Alaska.

16. Dezember
Eissturm heute Morgen. Bin in der Einfahrt auf den Arsch gefallen, als ich Salz streuen wollte. Tut höllisch weh. Meine Frau hat eine Stunde lang gelacht. Das finde ich ziemlich grausam.

17. Dezember
Immer noch weit unter Null. Die Straßen sind zu vereist, um irgendwohin zu kommen. Der Strom war 5 Stunden weg. Musste mich in Decken wickeln, um nicht zu erfrieren. Kein Fernseher. Nichts zu tun, als meine Frau anzustarren und zu versuchen, sie zu irritieren. Glaube, wir hätten doch einen Holzofen kaufen sollen, würde das aber nie zugeben. Ich hasse es, wenn sie recht hat! Ich hasse es, in meinem eigenen Wohnzimmer zu erfrieren!

20. Dezember
Der Strom ist wieder da, aber noch mal 40 cm von dem verdammten Zeug letzte Nacht! Noch mehr schaufeln. Hat den

ganzen Tag gedauert. Der beschissene Schneepflug kam zweimal vorbei. Habe versucht eines der Nachbarskinder zum Schaufeln zu überreden. Aber die sagen, sie hätten keine Zeit, weil sie Hockey spielen müssen. Ich glaube, dass die lügen. Wollte eine Schneefräse im Baumarkt kaufen. Die hatten keine mehr. Kriegen erst im März wieder welche rein. Ich glaube, dass die lügen. Mein Nachbar sagt, dass ich schaufeln muss oder die Stadt macht es und schickt mir die Rechnung. Ich glaube, dass er lügt.

22. Dezember
Mein Nachbar hatte recht mit der weißen Weihnacht, weil heute Nacht noch mal 30 cm von dem weißen Zeug gefallen ist und es ist so kalt, dass es bis August nicht schmelzen wird. Es hat 45 Minuten gedauert, bis ich fertig angezogen war zum Schaufeln und dann musste ich pinkeln. Als ich mich schließlich ausgezogen, gepinkelt und wieder angezogen hatte, war ich zu müde zum Schaufeln. Habe versucht für den Rest des Winters unseren Nachbarn anzuheuern, der eine Schneefräse an seinem Lastwagen hat, aber er sagt, dass er zu viel zu tun hat. Ich glaube, dass der Blödmann lügt.

23. Dezember
Nur 10 cm Schnee heute. Und es hat sich auf 0 Grad erwärmt. Meine Frau wollte, dass ich heute das Haus dekoriere. Ist die bekloppt? Ich habe keine Zeit – ich muss SCHAUFELN!!! Warum hat sie es mir nicht schon vor einem Monat gesagt? Sie sagt, Sie hat, aber ich glaube, dass sie lügt.

24. Dezember
20 Zentimeter. Der Schnee ist vom Schneepflug so fest zusammengeschoben, dass ich die Schaufel abgebrochen habe. Dachte ich kriege einen Herzanfall. Falls ich jemals den Deppen in die Finger kriege, der den Schneepflug fährt, ziehe ich ihn an seinen Löffeln durch den Schnee. Ich weiß genau, dass er sich hinter der Ecke versteckt und wartet, bis ich mit dem Schaufeln fertig bin. Und dann kommt er mit 150 km/h die Straße runtergerast und wirft tonnenweise

Schnee auf die Stelle, wo ich gerade war. Heute Nacht wollte meine Frau mit mir Weihnachtslieder singen und Geschenke auspacken, aber ich hatte keine Zeit. Musste nach dem Schneepflug Ausschau halten.

25. Dezember
Frohe Weihnachten. 60 Zentimeter mehr von der Sch.... Eingeschneit. Der Gedanke an Schneeschaufeln lässt mein Blut kochen. Gott, ich hasse Schnee! Dann kam der Schneepflugfahrer vorbei und hat nach einer Spende gefragt. Ich hab ihm meine Schaufel über den Kopf gezogen. Meine Frau sagt, dass ich schlechte Manieren habe. Ich glaube, dass sie eine Idiotin ist. Wenn ich mir noch einmal Peter Maffey anhören muss, werde ich sie umbringen.

26. Dezember
Immer noch eingeschneit. Warum um alles in der Welt sind wir hierher gezogen? Es war alles IHRE Idee. Sie geht mir echt auf die Nerven.

27. Dezember
Die Temperatur ist auf minus 30 Grad gefallen und die Wasserrohre sind eingefroren.

28. Dezember
Es hat sich auf minus 5 Grad erwärmt. Immer noch eingeschneit. DIE ALTE MACHT MICH VERRÜCKT!!!

29. Dezember
Noch mal 30 Zentimeter. Mein Nachbar sagt, dass ich das Dach freischaufeln muss, oder es wird einstürzen. Das ist das Dämlichste, was ich je gehört habe. Für wie blöd hält der mich eigentlich?

30. Dezember
Das Dach ist eingestürzt. Der Schneepflugfahrer will mich auf 50.000 Euro Schmerzensgeld verklagen. Meine Frau ist zu ihrer Mutter gefahren. 25 Zentimeter vorhergesagt. Ich

starre ins Kerzenlicht und zündle ein bisschen herum, um mich zu beruhigen.

31. Dezember
Habe den Rest vom Haus angesteckt. NIE MEHR SCHAUFELN!!!

8. Januar
Mir geht es gut. Ich mag die kleinen Pillen, die sie mir dauernd geben. Nur eines verstehe ich nicht: Warum bin ich ans Bett gefesselt?

Reformweihnacht

Muss Weihnachten eigentlich im Winter sein? In Bethlehem herrschten seinerzeit doch angenehme Temperaturen. Wieso lässt sich nicht ein Tag im Juli oder August als neuer Heiligabend installieren? Weihnachten im Sommer hätte doch nur Vorteile:

1. In den Geschäften fänden urlaubsbedingt keine hektischen Rempeleien statt.
2. Es gäbe statt der vielen Depressionen in der dunklen, kalten Jahreszeit eine ausgedehnt sonnig-helle Gemütslage.
3. Bei 30 Grad im Schatten würde man nicht so viel Lust zum Futtern und zu Familienzwistigkeiten entwickeln.
4. Die zahlreichen Feuerwehreinsatze entfielen, da der Christ-Baum im Garten stehen bleiben und die Feier ins Freie verlegt werden könnte.
5. Die beiden kapitalen Feste Weihnachten und Silvester/Neujahr würden entzerrt.

Trauen Sie sich und feiern Sie Weihnachten einfach mal im Sommer. Erst sind Sie noch allein, dann sind es 100, 1000, dann ... Also, ich bitte Sie, das müsste doch in ein paar schlappen Jährchen zu schaffen sein.

Wie Jesus zu seinem Namen kam

In Bethlehem vor zwoatausad Jahr
kam ein Kind auf d' Welt, des was Bsonderes war.
Überm Stall san tausend Engl geschwebt
ham Halleluja gsunga, die Erde hat bebt.

Ein heller Stern, der am Himmel stand,
lockte drei Weise an aus dem Morgenland.
Sie hießen Kaspar, Melchior, Balthasar
und sie folgten dem Stern, der ein Navi war.

Sie kamen zum Stall, wollten's Kind anbeten,
doch der Kaspar is in an Kuhfladen treten.
„Jesus Christus", so schimpfte voll Zorn der Mann.
Erschreckt sah Maria den Josef an.

Der Josef murmelte in seinen Bart:
„Der Nam gfoit mir besser ois Eberhard!"

Weihnachtliche Hymne

Unauffällig hinter den Geschenken,
dicht am Weihnachtsbaum, welch traulich Bild,
wenn wir alle Jahre wieder an dich denken,
stehst du, Wassereimer, bis zum Rand gefüllt.

Wenn die Kerzenflammen in die Zweige fahren,
greift der Vater ungestüm nach dir,
löscht den Brand so wie in all den Jahren,
vorher, danach seinen mit zwei Flaschen Bier.

Wassereimer, lass dich von uns ehren,
dass wir jährlich überm Christbaum aus dich leeren.

Frohe Weihnachten

Oder
Für Dich ist mir nichts zu teuer!

Wer zu Weihnachten einem lieben Menschen einen Blumenübertopf schenkt, der lege folgendes Gedicht bei, wodurch die schlichte Gabe enorm aufgewertet wird.

Der hübsche Blumenübertopf,
den Dir das Christkind bringt,
beschützt Dir jeden Untertopf,
was ihm famos gelingt.
Auf ihn schaust Du gern jeden Tag,
freust Dich jahraus, jahrein.
Er soll für Dich, weil ich Dich mag,
ein Glücksbringer stets sein.

Er ist aus einem Guss gegossen,
ich sah ihn vor mir steh'n,
hab seinen Anblick sehr genossen,
dann war's um mich gescheh'n.
Ein Kunstwerk lag vor mir, ein Schatz,
er ziert im Hause jeden Platz.
Wird auf den Tisch er hingestellt,
wirkt er bombastisch und gefällt.

Er schmückt Dir jeden Blumentopf,
als Fahrradhelm schützt er den Kopf,
Besucher legen Geld hinein,
als Ascher kann er nützlich sein.
Abfälle fasst er, Krümel, Schalen –
und Schnipsel, es wird Dir gefallen.
Geeignet ist er als Versteck,
leg was hinein, schon ist es weg.

Du kannst ihn Deinem Kuschelbären,
besitzt Du einen, gern verehren.
Der wird sich, Du wirst sehen, freu'n –
und künftig Dir noch treuer sein.
Bei Durst wird er Dir freundlich winken,
Dir sagen: Du darfst aus mir trinken!
Und noch eins sollst Du stets bedenken,
der Topf lässt sich auch weiterschenken.

Bei Wut lässt er sich schön zerdeppern,
entspannend wirkt auf Dich sein Scheppern.
Die Scherben bringen Dir viel Glück.
Sag, ist der Schatz kein tolles Stück?!
Und er soll heute Dir gehören.
Mich schmerzte es, ich kann es schwören,
als ich ihn mir vom Busen riss,
die Zunge schluchzend blutig biss.

Doch für Dich ist mir nichts zu teuer.
Ich hoffe, dass Du ungeheuer
Dich freust und dass dies schöne Stück
Dich lebenslang erfüllt mit Glück.

P.S:
Die Verse waren eine Plage,
sie kosteten mich 14 Tage.
Falls das Geschenk Dir nicht behagt,
ich hab mich jedenfalls geplagt
Und ich beton es noch einmal:
die Dichtung ist ein Original.
Bewahre sie an Deinem Herzen.
Vernichtung würd ich nie verschmerzen.

Glockenklang und Mettengang

„Unser Organist kann heute leider nicht spielen“, verkündet der Pfarrer beim Weihnachtsgottesdienst. „Ich stimme daher jetzt das Lied Nummer 71 an, danach fällt die ganze Kirche ein!“

***

Die Ansprache in der Christmette schloss ein Pfarrer mit folgenden Worten:

Liebes Christkind, bessere all jene Menschen,
die wohl tätig, aber nicht wohltätig sind.
Setz dem Überfluss Grenzen
und mach die Grenzen überflüssig.
Lass die Leute kein falsches Geld machen,
aber das Geld auch keine falschen Leute.
Nimm den Ehefrauen das letzte Wort
und erinnere die Männer an ihr erstes.
Schenke unseren Freunden mehr Liebe zur Wahrheit
und der Wahrheitsliebe mehr Freunde.
Gib den Regierenden ein besseres Deutsch
und den Deutschen eine bessere Regierung.
Herr, sorge dafür, dass wir am Lebensende
sofort in den Himmel kommen,
aber nicht sofort ans Lebensende,
sondern erst am Ende des Lebens. Amen.

***

„Scheinheilig is“, hat da Pfarrer in der Christnachtmettn predigt, „wenn man das ganze Jahr über die Pille nimmt und an Weihnachten dann singt: „Ihr Kinderlein kommet …“

Verkehrskontrolle am ersten Weihnachtsfeiertag

Eine junge Frau hat zu Weihnachten einen Porsche geschenkt bekommen, den sie natürlich sofort ausprobieren will. Sie schwingt sich ins Auto und rast los. Kurz darauf wird sie von einem Polizisten gestoppt. Ihr ist klar, dass sie in einer 30-km/h-Zone mit 80-km/h durchgebraust war.
Es kommt zu folgender Unterhaltung:

Polizist:	Kann ich bitte Ihren Führerschein sehen?
Frau:	Ich habe keinen mehr. Der wurde mir vor ein paar Wochen entzogen, da ich zum dritten Mal betrunken Auto gefahren bin.
Polizist:	Aha, kann ich dann bitte den Fahrzeugschein sehen?
Frau:	Das ist nicht mein Auto, ich hab es gestohlen.
Polizist:	So so, der Wagen ist also geklaut??
Frau:	Ja – aber lassen Sie mich kurz überlegen, ich glaube die Papiere habe ich im Handschuhfach gesehen, als ich meine Pistole reingelegt habe.
Polizist:	Sie haben eine Pistole im Handschuhfach?
Frau:	Stimmt. Ich habe sie dort schnell reingeworfen, nachdem ich die Fahrerin des Wagens erschossen habe und die Leiche dann hinten in den Kofferraum gelegt habe.
Polizist:	Was? Eine Leiche im Kofferraum??
Frau:	Ja! Wieso?

Nachdem der Polizist das gehört hat, ruft er über Funk sofort seinen vorgesetzten Kollegen an, damit er von ihm Unterstützung bekommt. Der erscheint nach wenigen Minuten und geht langsam auf die Fahrerin zu und fragt Sie nochmals.

Polizist:	Kann ich bitte Ihren Führerschein sehen?

Frau: Sicher, hier bitte.
Der Führerschein ist gültig.

Polizist: Wessen Auto ist das?
Frau: Na, meines natürlich, hier sind die Papiere.
Polizist: Können Sie bitte noch das Handschuhfach öffnen, ich möchte kurz prüfen ob Sie eine Pistole dort deponiert haben.
Frau: Natürlich gern, aber ich habe keine Pistole darin.
Natürlich enthält das Handschuhfach auch keine Pistole.

Polizist: Kann ich dann noch einen Blick in Ihren Kofferraum werfen.
Mein Mitarbeiter sagte mir, dass Sie darin eine Leiche haben.
Der Kofferraum enthält natürlich auch keine Leiche.

Polizist: Das verstehe ich jetzt überhaupt nicht. Mein Kollege, der sie angehalten hat, sagte mir, sie hätten keinen Führerschein, das Auto gestohlen, eine Pistole im Handschuhfach und eine Leiche im Kofferraum.
Frau: Na klar! Und ich wette, er hat auch noch behauptet, dass ich zu schnell gefahren bin!!!

Das Christkind im Finanzamt

Als das Christkind zur Weihnacht kommt auf die Welt
wird es gleich ins Finanzamt hereinbestellt.
Die Beamten verlangen – das ist ungeheuer –,
vom Christkind forsch eine Einkommensteuer.
Die Begründung: sein Schlitten sei voll mit Gaben,
dafür wolln sie tüchtig Steuern haben.
Das Christkind sagt, dass es alles verschenkt,
nichts verdiene, auch wenn 's Finanzamt das denkt.

Das Amt will jetzt wissen, ob es angehen kann,
dass das Christkind so viel verschenken kann,
und womit es die Gaben denn finanziert.
Das Christkind antwortet ungeniert:
„Die Englein stelln die Geschenke her",
da fragt das Finanzamt, wo die Lohnsteuer wär.
„Für den Wareneinkauf muss es Quittungen geben,
und auch die Erlöse sind anzugeben."

Das Finanzamt argwöhnt, da steckt was dahinter.
„Ich verschenk doch das Spielzeug an die Kinder",
hört man das Christkind sich heftig wehren.
„Dann ist die Frage der Finanzierung zu klären",
sagt das Finanzamt und beginnt weiter zu graben:
Sollte das Christkind Vermögen gar haben,
dann wäre es besser, die Wahrheit zu sagen,
sonst müsste man noch mehr bohren und fragen.

„Meine Englein besorgen ohne Lohn alle Teile,
und basteln die vielen Geschenke in Eile,
dafür sind wir doch an Weihnachten da",
schluchzt das Christkind, nun schon den Tränen nah.
Das Finanzamt stutzt und fragt wie verwandelt,
ob es sich um innergemeinschaftliche Erwerbe handelt.
Oder stammen die Gelder, 's wär für manche ein Reiz,
von einem illegalen Spendenkonto der Schweiz.

„Ich bin doch das Christkind, ich brauche kein Geld,
ich beschenk nur die Kinder der ganzen Welt“,
ruft das Christkind nun schon dem Zusammenbruch nah.
„Doch wo kommt das Zeug her“, fragt’s Finanzamt da.
„Ja, aus allen Ländern kommen die Sachen,
mit denen die Kinder wir glücklich machen“,
sagt das Christkind. „Aha, und sind die verzollt“,
hat jetzt ein Beamter bedrohlich gegrollt.
„Da fehlt ja sicher die Einfuhrsteuer.“
Dem Finanzamt ist das gar nicht geheuer
und es meint: „Hier genügt keinesfalls eine Mahnung,
denn das ist ein Fall für die Steuerfahndung!“
Es entzieht dem Christkind den Gewerbeschein
und sperrt es zur Sicherheit gleich noch ein.
Und aus diesen Gründen, ich sag’s grad heraus,
da fällt Weihnachten dieses Jahr leider aus.

Rudolph, der rotnasige Rentner

„Rudolph the Red-Nosed Reindeer", also „Rudolph, das rotnasige Rentier" gehört in den USA ebenso zu Weihnachten wie die Socken am Kamin. Wegen seiner Nase, die nachts rot leuchtet, wurde Rudolph zunächst ausgelacht, weshalb er traurig war. Doch da kam der Weihnachtsmann und ernannte ihn zum „Wegbeleuchter" bei seinen Reisen auf die Welt. Von nun durfte Rudolph mit seiner roten Nase dem Schlitten des Weihnachtsmanns vorausleuchten und seither hatten ihn alle gern. Über diesen Rudolph gibt es auch ein Lied. In Deutschland heißt das Lied aber nicht „Rudolph, das rotnasige Rentier", sondern „Rudolph der rotnasige Rentner" und das geht so:

War einst ein armer Rentner,
Rudolph wurde er genannt,
wegen seiner roten Nase
war er überall bekannt.

Lebenslang hat er geschuftet,
die Rente aber war nur klein,
sie reichte nicht zum Leben
und man ließ ihn ganz allein.

Refrain:
Er saß in der Kneipe oft
ertränkte seine Not.
Rudolphs Nase färbte sich
mit der Zeit ganz feuerrot.

Dann eines Tages rief er:
„Ich lass mir das nicht gefall'n!
Was sie mir einst versprachen,
soll'n sie mir auch bezahln!"
Wütend fuhr er zur Regierung,
rief: „Die Rente ist zu klein!
Ihr habt uns doch versprochen,
sicher wird die Rente sein!"

Refrain:
„Ist sie auch", so sagt man ihm,
„Mann schränk dich halt ein,
die Rente reicht dir, du musst nur,
mehr als bisher sparsam sein."

Da gab es einen Aufstand,
Rentner Rudolph ging voraus,
sah mit der roten Nase
wie ein Revoluzzer aus.
Man stürzte die Regierung,
Rente gab es mehr sodann.
Rudolph ist nun zufrieden,
weil er davon leben kann.

Nachweihnachtswehen

Weihnachtsquiz

Am zweiten Weihnachtsfeiertag gab es im Bayerischen Fernsehen einmal eine Weihnachtsquiz-Sendung. Die letzte Runde erreichten ein Bayer und ein Berliner. Die erste Frage lautete:
Wie lange dauerte der Hundertjährige Krieg?

- 116 Jahre
- 99 Jahre
- 100 Jahre
- 150 Jahre

Der Bayer antwortete: „116 Jahr, glaub ich." Der Berliner grinste: „Typisch Bayer, wa?" Und dann fügte er hinzu: „Na, is doch klar, der Krieg dauerte 100 Jahre, wa."
Die zweite Frage lautete: In welchem Land wurde der „Panama Hut" erfunden?

- Brasilien
- Chile
- Panama
- Equador

Der Bayer antwortete: „In Equador, glaub ich." Der Berliner grinste und sagte: „Na, is doch klar, in Panama, wa."
Jetzt die dritte Frage: In welchem Monat feiern die Russen den Festtag der Oktober-Revolution?

- Januar
- September
- Oktober
- November

Der Bayer antwortete: „Im November, glaub ich." Der Berliner lächelte und sagte: „Na, is doch klar, im Oktober, wa."
Die vierte Frage: Wie ist der richtige Name von König Georg IV.?

- Albert
- Georg

• Manuell
• Jonas

Der Bayer antwortete: „Albert, glaub ich." Der Berliner grinste und sagte: „Na, is doch klar, Georg, wa."
Die fünfte Frage: Von welchem Tiernamen stammt der Name der Kanarischen Inseln?

• Kanarienvogel
• Känguru
• Ratte
• Seehund

Der Bayer antwortete: „Vom Seehund, wenn mich nicht alles täuscht." Der Berliner lachte und sagte: „Na, is doch klar, vom Kanarienvogel, wa."

Jetzt gab der Quizmaster die Lösung der Fragen bekannt:
Der Hundertjährige Krieg dauerte 116 Jahre (von 1337 bis 1453).
Der „Panama"-Hut wurde in Equador erfunden.
Der Festtag der Oktober-Revolution wird am 7. November gefeiert.
Richtiger Name von König Georg IV. war Albert. Der König hat den Namen 1936 geändert.
Der Name der Kanarischen Insel stammt vom Seehund. Auf Latein bedeutet er „Insel der Seehunde".
Da meinte der Bayer: „Ich glaub gar, ich hab jetzt gewonnen." Der Berliner schaute dumm und meinte: „Na, typisch Bayer, da steckt bestimmt die CSU dahinter, wa."

Nachweihnachtswehen

In der Rückbesinnung auf die Weihnachtstage fallen manchem die treffenden Verse ein:

Gefühl im Bauch, Verstand im Keller,
so hockt man vor dem Plätzchenteller.

Die Lenden dick, rundum geschwollen,
das kommt von Muttis leckrem Stollen.

Der Hals gebläht, der Darm wie Stein,
das kann die Weihnachtsgans nur sein.

Die Hose klemmt, es platzt das Kleid,
vorbei die schöne Weihnachtszeit.

Man weiß, dass es so nicht mehr geht.
Das Frühjahr naht. Schnell Nulldiät!

Und so gehen die Menschen daran, eine Schlankheitskur zu machen, das heißt eine Hungerperiode durchzustehen, auf die rasch zwei Kilo Gewichtszunahme folgen.

Schnee von gestern

Eine flockige Meditation

Der Schnee ist eine feste Form des Niederschlags, der bei niedrigen Temperaturen aus Wasserdampf Schneekristalle bildet, welche zu Schneeflocken zusammenkleben, die bei näherer Betrachtung stets sechseckige oder -strahlige kleine Sterne darstellen, wobei die Kristalle umso kleiner sind, je größer die Kälte ist, und die Schneeflocken umso größer und pappiger werden, je wärmer es wird. So frostig knapp belehrt uns manches Lexikon.

Viel poetischer formuliert eine schwäbische Sage diesen Tatbestand. Nach ihr wird der Schnee im Himmel schon sommers kleingehackt, geschnitten und zerhäckselt, damit im Winter auch genug vorrätig ist. Im Augenblick scheint diese himmlische Vorratswirtschaft aber etwas durcheinandergeraten zu sein, vermutlich dadurch irritiert, dass sich zur Weihnachtszeit auch kein Frieden mehr auf die Erde senkt. Die Vorstellung von einem durch das Fest des Friedens ausgelösten, wenigstens drei Tage dauernden Weltfrieden lässt einen an die Herstellung gerösteter Schneebälle denken.

Wenn die Rinder niesen, gibt es Schnee, sagten die Alten. Seither lauschen immer mehr Menschen, aber leider vergeblich, in die gut beheizten Kuhställe der Nation. Statt Schneegeruch steigt ihnen nur beißender Mistdampf in die Nase.

Aber was ist denn Schnee auch schon Besonderes? Für Goethe war er schlicht eine erlogene Reinlichkeit, und in der Tat, diese Regentropfen in Hermelin sind doch nur schick aufgemachtes Wasser. Bei der heutigen Umweltverschmutzung ist Schnee auch kaum mehr so frisch und unberührt wie ein neuer Gedanke, eher schon wie ein Grauschleier, dem selbst ein Meister Propper nicht gewachsen ist. Da ist guter Rat teuer. Apropos Rat. Der ist ja auch wie Schnee: Je weicher Rat oder Schnee fällt, desto länger bleibt er liegen, und desto tiefer sinkt er ins Hirn.

Und wenn man auf Schnee tritt, dann knirrscht es so

schön, wie dies auch Otto Julius Bierbaum in seinem „Schneelied zu Weihnachten“ so schön formulierte: „Du trittst mich, singt der Schnee, / Mir aber tuts nicht weh:/ Ich knirsche nicht, ich singe; / Dein Fuß ist wie der Bogenstrich, / Dass meine Seele klinge.“

Schneeflocken sind die wohl zartesten Kreationen der Natur. Aber was können sie nicht alles bewirken, wenn sie nur zusammenhalten? Jeder Autofahrer hatte schon mit ihrer Zartheit zu kämpfen. Ist Ihnen übrigens schon mal aufgefallen, dass der Schneepflug gerade dann kommt, wenn Sie ihren Wagen freigeschaufelt haben? Und Schneeräumen macht weiß Gott keinen besonderen Spaß. Nirgends erspart einem die Sonnenenergie soviel Unannehmlichkeiten wie gerade beim Schneeräumen.

Liegt Schnee, machen viele einen Umweg zum Orthopäden, wie man die Fahrt zur Skipiste bezeichnet. Kommt man aber bei der Skipiste an, ist der Schnee oft längst ins Wasser gefallen. Mit Schnee ist es eben fast so wie mit Erdöl: es ist auch da, wo es keiner braucht. Deshalb können Kinder in den Schnee-Ursprungsländern heute keine Schneemänner mehr bauen, jene weißen Riesen, die sich bei Frost nie erkälten und für Sonnenschein nie erwärmen können. Was Schnee ist, erfahren Kinder aus diesem Grund nicht selten dadurch, dass man ihnen eine Schneekugel zeigt, die man mehrmals auf den Kopf stellt, damit drinnen die Flocken wirbeln. Dazu erkläre man den Kleinen: „So hat es früher bei uns draußen immer geschneit“, was bisweilen die kluge Frage provoziert: „Und wer hat damals die Weltkugel geschüttelt? War das Papa?“

Manche Skinarren schleudern an lauwarmen Wintertagen den Vorwurf gen Himmel: „Lieber Gott, warum hast du denn Skipisten, Skianzüge und Chirurgen geschaffen, wenn du es im Winter nicht schneien lässt?“ Diese unverschämte Frage veranlasst Gott höchstens dazu, einmal tief durchzuschnaufen, was als heißer Föhnwind, der von den Bergen herabsaust, den Fragestellern ihre Flausen aus den Köpfen bläst.

Dabei wäre Skifahren wie sonst keine Sportart eine völkerverbindende Sache, was jeder Arzt gerne bestätigen kann. Und vor allem für Politiker stellt es ein hervorragendes Training dar. Sie lernen dabei, wie man stürzt. Wegen des Übungsdefizits hierin stürzen Politiker derzeit auch kaum mehr. Sie treten zurück, aber nur um Anlauf für neue Fehltritte nehmen zu können, wobei sie ungeniert mit den Bürgern Schlitten fahren. Ohne Schnee ruft das jedoch nur ein Gänsehaut erzeugendes Knirschen hervor. Dieses Geräusch passt ausgezeichnet zum derzeitigen Verhältnis der Bürger zu den Politikern, das einer erloschenen Leidenschaft gleicht, die bekanntlich kälter als Eis ist.

Insofern ist es doch Winter in unserem Land, auch wenn an Stelle des unschuldigen Schneeweiß nur das schmutzige Graubraun des politischen Alltags im Vordergrund steht, das übrigens auch Schnee nur kurzzeitig verbergen könnte, ist doch der Schnee von gestern der Matsch von heute.

Bayerische Philosophie

Die folgende Gschicht ist in der Universität München passiert. Und seither wird sie immer wieder weitererzählt. Vor allem Menschen, die den Eindruck haben, dass 's Leben immer komplizierter wird, aber auch solche, für die die 24 Stunden am Tag nicht mehr ausreichen, die erinnern sich immer wieder an die folgende „Gschicht vom Blumentopf und vom Bier".

An der Uni München, da hats einen Philosophieprofessor gegeben, ein echter Bayer. Der hat eines Tages in der Adventszeit in den Hörsaal einige Gegenstände mitbracht. Die Studenten haben ihm verwundert zugschaut, wie er gleich zum Beginn der Vorlesung wortlos einen großen Blumentopf genommen und auf den Tisch gestellt hat. Dann hat er den Topf ganz gemütlich mit Golfbällen aufgefüllt. Wie er damit fertig war, hat er die Studenten gefragt: „Was meint ihr, ist der Topf jetzt voll?" „Freilich", haben alle gsagt.

Jetzt hat der Professor eine Blechdose voll Kieselsteinen genommen und die Steine in den Topf hineingeschüttet. Dabei hat er den Topf vorsichtig hin und herbewegt, sodass die Kieselsteine in die Leerräume zwischen die Golfbälle gerollt sind. Dann hat er wieder gefragt: „Ist der Topf jetzt voll?" Die Studenten haben ja gesagt.

Als nächstes hat der Professor ein Glas gnommen, in dem war Sand, und den Sand hat er in den Blumentopf hineingeschüttet. Natürlich ist der Sand durch die Ritzen zwischen die Golfbälle und Kieslsteine gerieselt und hat auch den kleinsten Zwischenraum, der noch übrig war, ausgefüllt. Auf die Frage, ob der Topf jetzt voll ist, haben die Studenten wieder ja sagn müssen.

Jetzt hat der Professor noch zwei Dosen Bier unterm Tisch hervorgeholt, hat den Inhalt vorsichtig in den Blumentopf hineingegossen und damit auch noch den letzten Raum zwischen den Sandkörnern ausgefüllt. Jetzt haben die Studenten gelacht.

„Seht ihr", hat der Professor gesagt, als das Lachen nachließ, „ich möchte, dass ihr den Blumentopf da als ein Bild für euer Leben anschaut. Die Golfbälle, versteht ihr, die stelln die wichtigen Sachen im Leben dar: eure Familie, eure Kinder, d' Gesundheit, eure Freunde, kurzum alles, was für euch wirklich von Bedeutung ist und alles, was euer Leben auch dann noch lebenswert macht, wenn alles andere verloren gehen würde und euch nur noch die wenigen Sachn da bleben.

Die Kieselsteine symbolisieren die anderen Angelegenheiten im Leben wie euere Arbeit, euer Haus, euer Auto.

Der Sand aber, der steht für die vielen, oft belanglosen Kleinigkeiten. Falls ihr zuerst den Sand in den Topf gebt", hat der Professor gesagt, „dann haben weder die Kieselsteine noch die Golfbälle Platz drin. Desselbe gilt auch für euer Leben. Wenn ihr eure ganze Zeit und Energie fortwährend in Kleinigkeiten investiert, dann werdet ihr nie Platz habn für die wichtigen Sachn. Auf die müsst ihr zuerst obacht geben, weil sonst setzt ihr euer Glück aufs Spiel.

Und deshalb sag ich euch, nehmts euch Zeit für eure Kinder, spielts mit ihnen, schauts auf euer Gsundheit, geht's mit eueren Freunden und mit euerem Lebenspartner zum Essen. Es wird immer noch Zeit bleiben, um 's Haus sauber zu halten und alle andern Alltagsverpflichtungen zu erledigen. Passt also zuerst immer auf die Golfbälle auf, die sind wirklich wichtig. Sie müssn Vorrang habn. Der Rest sind nur Kieselsteinchen oder nur Sand."

Da hat sich einer von den Studenten gemeldet: „Herr Professor", hat er gefragt, „was aber bedeutet das Bier, das Sie zum Schluss noch hineingeschüttet haben?" Da hat der Professor gschmunzelt und gemeint: „A guate und wichtige Frage. Das ist dafür da, euch klar zu machn, dass, egal wie schwierig euer Leben auch sein mag, es immer noch Platz gibt für eine oder zwei Halbe Bier."

Zwischen den Jahren

„Was?“, hat ein Münchner zu seinem Freund g’sagt“, du hast deiner Frau wirklich eine Perlenkettn zu Weihnachten gekauft?“ – „Ja“, hat der gemeint, „aber nur deshalb, weil’s kein falsches Auto gegeben hat.“

***

„Zwei Tag nach Heiligabend bei uns“, hat der Waldler g’sagt, „ist dann meistens Bescherung in Polen.“

***

„Du, Omilein, die Trommel von dir war wirklich mein schönstes Weihnachtsgeschenk“, freut sich der Basti. „Weißt du, die Mama gibt mir jeden Tag zwei Euro, wenn ich nicht darauf rumhau!“

***

„Ich habe meinem Vater zu Weihnachten so viel g’schenkt“, hat der Georg in der Schule erzählt, „dass er es gar nicht auf einmal tragen kann!“ Als der Lehrer wissen wollte, was das denn gewesen sei, hat der Georg stolz verkündet: „Zwei Krawatten.“

***

Zweiter Weihnachtsfeiertag.

„Hoffentlich sind wir nicht zu lange geblieben“, entschuldigt sich der Besuch beim Abschied.

„Aber nein“, winkt Herr Lotter ab, „um die Zeit stehn wir sowieso immer auf.“

Das Jahr ist aus!

Im Magen ruht an Sylvester friedlich das delikate Silvester-Menü. Da kommt von oben ein Champagner herein. Das Silvester-Menü fragt: „Na, wer bist denn du?“ – „Ich bin ein Champagner, mich hat Herr Dr. Schöner spendiert!“ Kurz darauf kommt ein Rotwein in den Magen, wieder fragt das Silvester-Menü: „Und wer bist du?“ „Ich bin ein Rotwein, mich hat der Herr Dr. Schöner spendiert!“ Gleich darauf kommt ein doppelter Schnaps, wieder fragt das Silvester-Menü: „Und wer bist du?“ – „Ich bin ein doppelter Schnaps, mich hat der Herr Dr. Schöner spendiert!“ Kurz darauf folgen nun noch ein Glas Weißwein, ein Pils, ein Likör und ein Whiskey, die alle Herr Dr. Schöner spendiert hat. Plötzlich sagt das Silvester-Menü: „Also jetzt bin ich aber neugierig geworden – den Herrn Dr. Schöner schau ich mir nun sofort persönlich an!“

***

„Der einzige Wechsel, der garantiert nicht platzen kann“, hat der Bankangestellte Alois Kragerl g’sagt, „ist immer noch der Jahreswechsel.“

***

„Aber Herr Wachtmeister“, hat der eine Autofahrer g’sagt, wie er an Neujahr auf einer Kreuzung mit einem andern Auto zusammengerumpelt ist, „aber Herr Wachtmeister, man wird doch noch auf’s Neue Jahr anstoßen dürfen.“

***

Eine Wahrsagerin, Ende 2012 befragt, wann es mit Deutschland endlich wieder aufwärts geht, antwortete nach einem Blick in ihre Glaskugel:

„Wenn Bundeskanzlerin Merkel bei Philipp Röslers Beerdigung Seehofers Witwe fragt, wer Trittin erschossen hat und Wolfgang Gabriel nicht anwesend ist, weil er wegen der Entführung von Claudia Roth, die seither verschwunden ist, im Knast sitzt, dann wird es in Deutschland vielleicht wieder aufwärts gehen."

Prosit Neujahr!

Wenn sich das Jahr zu Ende neigt, fangen in den Köpfen der Menschen die guten Vorsätze zu blühen an. Ich weiß nicht, wie es da anderen Menschen geht, ich jedenfalls brauche für das neue Jahr nie gute Vorsätze, weil immer noch welche vom alten Jahr übrig sind. Ich tröste mich darüber hinweg, indem ich mir sage: Wer im Laufe des vergangenen Jahres nur einen neuen Gedanken hatte, der hat dieses Jahr verdient. Wer keinen hatte, verdient eine neue 365-tägige Bewährungsprobe. Und diese sollte man nicht mit einem „Prosit Neujahr" einleiten, sondern eher mit folgender Überlegung zum Jahresschluss:

Das letzte Jahr war Anfang Januar das neue Jahr
und ist nun alt.
In einem Jahr, das ist schon bald,
ist auch das jetzt noch gar nicht neue Jahr
neu alt,
und wird in, sagen wir, rund hundert Jahren uralt sein,
so wie vor hundert Jahren die damals neuen Jahre
neu noch waren
und jetzt schon lang uralt sind.
So geschwind wird alt, was neu war.
Obwohl das nächste neue Jahr
noch überhaupt nicht existiert,
ist es im Grunde schon als altes anvisiert.

Ich wünsche Ihnen Ende nächsten Jahres
ein altes Jahr, ein wunderbares,
nach dem Sie, wenn Sie rückwärts sehen,
zufrieden blickend in das nächste gehen.
Das soll Sie nach dem Alterungsprozess,
dem in der Zukunft neuen,
beim Rückwärtsschauen wiederum
erneut erfreuen.
Und noch was ist sympathisch
an vergangnen Jahren:
Man kann, im Blick zurück,
sich jeden guten Vorsatz sparen.
Denn also, Sie verstehen doch,
nicht wahr:
Prosit, Altjahr!

Die drei weisen Frauen aus dem Morgenland

Jeder kennt die Geschichte von den drei Weisen aus dem Morgenland, die das neugeborene Jesuskind suchten. Wenn Frauen die Geschichte hören, müssen sie immer schmunzeln und bisweilen hört man die eine oder andere murmeln: „Typisch Männer!"

Eine dieser Frauen fragte ich einmal, was sie damit meine. Da musste ich mir Folgendes anhören:

„Also es ist doch typisch Mann, dass die drei glaubten, der Stern stehe nur ihretwegen am Himmel, damit sie ihm folgen können. Und dann noch angeblich drei weise Männer auf einmal? Sowas gab es damals doch ebenso wenig wie heute. Wahrscheinlich waren sich die drei zu schade, nach dem Weg zu fragen und deshalb kamen sie auch erst zwei Monate nach Jesu Geburt an. Da war die Heilige Familie natürlich längst nicht mehr im Stall, weshalb sie König Herodes fragen mussten, der in der Folge dann den bethlehemitischen Kindermord befahl.

Und dann die Geschenke! Was soll ein Neugeborenes bitteschön mit Gold, Weihrauch und Myrrhe anfangen? Vor allem mit Myrrhe, diesem stark reichenden Pflanzenöl, mit dem man damals Tote einbalsamierte? Sowas konnte nur Männern einfallen.

Überlegen Sie einmal, was geschehen wäre, wenn statt der drei Weisen drei ganze normale Frauen zur Krippe gekommen wären. Sie hätten natürlich nach dem Weg gefragt und wären deshalb so frühzeitig zum Stall gekommen, dass sie wahrscheinlich sogar noch bei der Geburt hätten helfen können. Natürlich hätten sie auch nur praktische Geschenke mitgebracht, so beispielsweise ein Milchfläschchen, Windeln und ein erstes Spielzeug und eventuell noch einen Blumenstrauß, über den sich Maria natürlich mehr gefreut hätte, als über Weihrauch und Myrrhe.

Dann hätten die drei Frauen aus hygienischen Gründen erst einmal Ochs und Esel aus dem Stall verbannt, alles sauber geputzt und dann einen Eintopf gekocht, wozu Josef ja nicht fähig war, der die ganze Zeit nur tatenlos hinter der Krippe herumstand und sich die Füße in den Bauch gestanden hat.

Später wären alle drei Frauen mit Maria in Kontakt geblieben, hätten sich mit ihr regelmäßig getroffen und ihr Tipps für die richtige Erziehung des Jesuskindes gegeben, der mit ihrer Hilfe dann auch einen anständigen Beruf ergriffen hätte, und sein Leben, ohne auffällig zu werden, verbracht hätte, sodass er in hohem Alter dann ganz normal gestorben wäre.

Tja, aber leider kamen ja drei angeblich weise Männer und keine weisen Frauen, und man hat ja gesehen, wohin das dann geführt hat."

Die Sternsinger-Bande

Die Auswirkungen bayerischer Brauchtumspflege sind manchmal weniger gravierend für die, die pflegen; sie können aber verheerende Folgen haben für die, die gepflegt werden. In Neubaugebieten soll es beizeiten bereits zu argen Ausschreitungen gekommen sein. Die Sicherheitsbeauftragten warnen deshalb eindringlich davor, am Drei-Königs-Tag unkontrolliert Tür und Tor zu öffnen. Aber lesen Sie selber das Geständnis eines Elfjährigen – von ihm in bayerischer Mundart aufgeschrieben.

Letzts Jahr hab ich zum erstn Mal bei de Sternsinger mitgeh derfa. Des war da absolute Hammer. A Mordsgaudi war des. Oiso, die meiste Zeit jedenfois, am Schluss naus dann eher weniger. Und desweng derf i aa heier nimmer mitgeh. Und die andern derfa aa nimma. Und kemma is des Ganze so:

Erst woitn mich die andern, die wo alle älter warn, ja gar ned mitnehma. Ich hätt nämlich der Melchior sei solln und damit mich ned so friert unter dera Pappadecklkrona, hab ich mei rote Mützn drunter aufgsetzt, die wo da Papa amoi vom Getränkemarkt mitbracht hat. Die hat er dort g'schenkt kriagt, weil er a so a guada Kunde is, hat er g'sagt. Aber an Seppi sei Mama hat die Mützn gar ned g'foin. Sie hat gsagt, es gibt koan Heilign Ramazotti und ich soll die Mützn gfälligst verkehrt rum aufsetzn, dass ma de Reklame ned siehgt, oder ich konn glei wieder hoamgeh. Nachad hab i's halt umdraht, aber nur kurz, weil s mich dann am Ohr zwickt hat. Da Seppi hat dann g'moant, des passt scho mit dem Ramazotti. Mia sagn hoid einfach, des waar unser Sponsor. Sowas hat heid a jeda.

Dann samma loszogn. Noch vor dem erstn Haus, hat da Maxi gmoant, des Weihwassafassl werd eahm jetzt z schwer. Und außerdem schütt er sich andauernd voi. Da tätsn am End noch friern und es is auch gwiss ned in am christlichen Sinn, wenn ma am Abnd am End noch ohne an oanzigen Tropfn Weihwasser hoam kamadn. Des konns ja aa ned sei.

Oiso hamma des Weihwasserfassl hinterm Pfarrheim in a Mauernischn von so am oidn Haus gestellt – damits uns ned eigfriert.

De Weihrauchkohln hamma dann aa ziemlich schnell entsorgt, weil sich rausgstellt hat, dass die Leit am Feiatag in aller Herrgottsfrüah ned eigräuchert werdn wolln. Da Korbi had dann a Handvoi Chinaböller in seiner Jackntaschn g'fundn, die wo von Silvester übrig bliebn san. Drei hamma dann glei in dem Weihrauchfassl explodiern lassn, dass der Deckl nur so gschnoizt hat. Zum Glück war der an einer Kettn befestigt, sonst hätt man scho glei am Anfang verlorn. Ich bin dann auf die Idee mit dem Gulli kemma. Des hat so laut donnert, dass sogar da Seppi g'staunt hat, weil er des no ned kennt hod.

Unterwegs hamma dann noch a unbenutzte Zigarettn g'fundn und aa noch ins Weihrauchfassl neigstopft. Des is a indianisches Tabakopfer, hat der Korbi gsagt.

Irgendwann samma dann vor der erstn Haustür gstandn. Wia mia unsere Sprücherl aufgsagt ghabt ham, hätt da Korbi den Segn an Tür schreiben solln. Aber wia er de Kreidn aus da Hosntaschn ziagt, war die total dabräselt. Zum Glück hat er noch a zwoate im Anorak g'habt. Aba die hamma dann aa recht schnell verlorn. Da Maxi hat dann g'sagt, er woaß a Oma, die wo immer a Kreidn dahoam hat. Da samma dann aa hi, aber leider aa a bisserl von unserm Weg obkemma. Aber ohne Kreidn geht's halt einfach überhaupt ned.

Dann war s aa scho glei Mittag und mia san hoam zu mir, wo d' Mama Spaghetti mit Tomatnsoß kocht hat. Da Seppi, der wo unser Mohr war, hat beim Essn sovui g'saut, dass er mehra wia a Indiana ois wia a Mohr ausgschaut hat. Ois Indiana kannst aber unmöglich geh, had mei Mama g'sagt und eahn ins Bad g'schickt. Rauskumma is er dann wia a Neger-Clown ausm Zirkus. So had er aa ned geh kenna. Mia san dann halt ohne an schwarzn Mo weiterzogn, des hat eh koana g'merkt.

Ich glaub sowieso, dass uns die meistn Leit des viele Geld und de Guadln ned so sehr fürs Singa gebn ham, sondern dafür, dass mia so schnell wia möglich wieder damit aufhörn. So is unser Sammelbüchsn immer voller g'wordn. Ned so guat hats dagegn mit dem Stern am Stab vom Korbi ausgschaut. Den hats nämlich ausgerechnet beim Lehrer obighaut und aa no ausgrechnet in den Topf mit dera schöna Orchidee direkt nebn der Tür. Von dem Bleame war danach nimmer vui übrig, aber unser Stern hat den Sturz eigentlich ganz guat packt. Mia haben dann alle Kaugummis aus unserm Guadlsackerl auf oamoi kaut und den Stern wieder an des Staberl pappt. Des hat dann super g'hoitn.

Mia samma dann weiterzogn und alles war optimal. Unsere Sprücherl hamma inzwischen auswendig kenna und aa sonst is ois easy glaffa. Bis ma dann zu dem vorletztn Haus am Preißnbuckl kemma san. So hoaßt bei uns die Neubausiedlung, wo de gstudiertn Zuagroaßtn wohna. Des war oiso a so a Neubau und koana von uns hat die Leit kennt. Dafür kenna die jetzt uns.

Schuld warn aber die Leit selber. Die warn de Oanzign, die unbedingt wolln habn, dass mia den Weihrauch ozündtn und ins Haus neiräuchern. So eine schö-höne Tra-di-ti-on, hat die Frau gsagt, und ich hab mir glei denkt: So eine saublöde Idee! Wahrscheinlich hats irgendwo g'lesn ghabt, dass des a oida Brauch is und Glück bringt. Von wegen.

Losganga is scho damit, dass mia ja gar koan Weihrauch mehr ghabt ham, sondern in unserm Fassl nur noch zwoa verbrennte China-Böller und a Zigarettn drin warn. De hamma halt dann ozündt, in Gotts Nama, aber der hat jetz aa nimmer g'hoifa. Wia sich gleich rausg'stellt hat, haben mia oan Böller vagessn g'habt und den hats jetza mit am Mords-Knoi z'rissn. Leckomio hat des gscheppert, ja spinnst du! Des waar aber ois halb so schlimm gwesn, wenn der blöde Hund von dene Leit ned so daschrocka waar. Was aa no ned so tragisch g'wesn waar, wenn er ned den Kindawagn mit dem Baby drin umgrissn hätt und die Muatta ned gar so narrisch drauf zuag'stürzt waar und dabei die Vasn ned in tausend Trümma dadeppert hätt. Was freilich aa noch ned sooo wuid g'wesn waar, wenn da Vata ned so grantig sein Zehner wieder eigsteckt hätt und dabei in an Scherbn neigstiegn waar. Wos aba imma no nix ausgmacht hätt, wenn er dabei de Duftkerzn aufm Fensterbankerl ned umgstessn hätt. Dann waar aa des brennade Wachs ned über den Seidnvorhang tropft und der hätt dann a ned auf da Stell Feier g'fanga, dass uns glei zwoaraloa g'wordn is.

Des war jetz fei koa scheena Anblick mehr: De Muata flackt mit dem Baby im Arm am Bodn, da Vatta hupft mit am bluatigen Fuaß durch die Gegend, da Vorhang brennt lichterloh und mia ham ned amoi mehr a Weihwasser zum Löschn dabei. Mia ham dann no schee „Galopp sei Jesus Christus" und „Pfia God" g'sagt und damit war der schöne Brauch beendet und mir san, so schnell wia s ganga is, zum Pfarrheim grennt. Mia warn no ned amoi mitm Umziagn fertig, da hamma scho de Feiawehrsirene g'hört. G'sagt hamma zwar nix, aber rauskemma is doch alles.

So, des is oiso de Gschicht, warum i heuer an Heilig-Drei-König dahoam bleib und mia im Fernseher DIE 10 GEBOTE oschau.

Carpe diem!

Nutze den Tag!

Wie schnell vergeht
ein ganzes Jahr
von Januar
bis Januar!

Was nutzt es uns,
täglich Zeit zu sparen?
Die verrinnende Zeit
halt uns alle zum Narren.

Vielleicht wäre es besser,
daran zu denken,
statt Zeit zu sparen
sie zu verschenken.

***

Um den Wert eines JAHRES zu erfahren,
frag einen Studenten, der im Schlussexamen durchgefallen ist.
Um den Wert eines MONATS zu erfahren,
frag eine Mutter, die ihr Kind einen Monat zu früh geboren hat.
Um den Wert einer WOCHE zu erfahren,
frag den Herausgeber einer Wochenzeitschrift.
Um den Wert einer STUNDE zu erfahren,
frag Verliebte, die darauf warten, sich zu sehen.
Um den Wert einer MINUTE zu erfahren,
frag einen, der sein Flugzeug verpasst hat.
Um den Wert einer SEKUNDE zu erfahren,
frag einen Sportler, dem eine Goldmedaille entgangen ist.

***

Die Zeit wartet auf keinen,
sie kehrt nie zurück.
Sie ist wertvoll,
genieße den Augenblick.
Für liebe Menschen
Zeit auszugeben,
macht sie wertvoller
und bereichert dein Leben.

Inhaltsverzeichnis